Mach gute Kunst! Nichts Geringeres haben Johnny und Jean im Sinn, als sie sich nach dem Sommer in der Kunsthochschule wieder begegnen. Ein Sprung ins kalte Wasser ist dabei nur der erste Schritt von hundert weiteren, die für eine Weltkarriere in New York und Paris noch zu tun sind. Was auf dem Weg dahin hilft: die Einflüsterungen der alten Meister, gut gespitzte Bleistifte, und eine Flasche Pastis. Und manchmal hilft das alles überhaupt nicht.

»Ein literarisches Feuerwerk«
Frankfurter Allgemeine Zeitung

Teresa Präauer, geboren 1979, ist Autorin und bildende Künstlerin in Wien. Sie schreibt regelmäßig für Zeitungen und Magazine zu Theater, Kunst, Literatur, Mode und Pop. Ihr Roman ›Für den Herrscher aus Übersee‹ wurde ausgezeichnet mit dem aspekte-Preis für das beste deutschsprachige Prosadebüt. Der Künstlerroman ›Johnny und Jean‹ wurde ausgezeichnet mit dem Förderpreis zum Hölderlinpreis und zum Droste-Preis und war nominiert für den Preis der Leipziger Buchmesse 2015.

Weitere Informationen finden Sie auf www.fischerverlage.de.

Teresa Präauer

Johnny und Jean

Roman

FISCHER Taschenbuch

MIX
Papier aus verantwortungsvollen Quellen
FSC® C083411
FSC
www.fsc.org

Erschienen bei FISCHER Taschenbuch
Frankfurt am Main, August 2016

Lizenzausgabe mit freundlicher Genehmigung von
Wallstein Verlag, Göttingen

Druck und Bindung: CPI books GmbH, Leck
Printed in Germany
ISBN 978-3-596-03321-8

Ich stelle mir vor, wie ich als junger Bub auf dem Land lebe.
Gerade ist Sommer, und wir sitzen auf der Wiese beisammen in einer Gruppe von Mädchen und – ja, schon nennen wir sie: Jungs. Die einen reden übers Fortgehen, die anderen reden übers Hierbleiben. Dann läuft einer vor zum Rand des Schwimmbeckens, alle laufen hinterher, manche springen vom Einmeterbrett, die meisten machen dabei das, was wir eine Bombe nennen: sie krachen mit angezogenen Knien ins Wasser, möglichst laut.
Ich köpfle und verliere vom Springen fast die Badehose, unter Wasser zieh ich sie schnell wieder hoch, tauche auf und schau, ob mich keiner gesehen hat. Alle klatschen und schreien, weil einer einen Salto vom Dreimeterbrett gemacht hat, den nennen sie: Jean.
Dann ist der Sommer vorbei, und wir verlieren uns, wie man so sagt, in alle Richtungen.

Ich sehe Jean erst wieder, als ich mit meinen Sachen unterm Arm in der Stadt auftauche. Ich bin nicht in die größte Stadt gegangen, sondern in die zweitgrößte. Jean ist schon vor mir hier gewesen, er hat einfach den früheren Zug genommen, und er kennt sich schon aus, er hat seine Sachen ausgebreitet und seine Schuhe unterm Tisch ausgezogen. Er legt seine Mappe auf den Tisch – nein, er hat gar keine Mappe, seine Bilder sind riesengroß, und er hat sie einfach zu einer stattlichen Rolle gerollt, die er jetzt auf den Boden legt. Ich drehe mich um und sehe, wie alle auf Jean und seine Rolle starren, und wie er jetzt ihr Band durchschneidet und die einzelnen Blätter ausbreitet: jedes so groß wie das ganze Zimmer, in dem wir uns alle befinden und schon den halben Tag darauf warten, einzeln aufgerufen zu werden.

Ich sitze mit Jean und den anderen nun unter Jeans Bilderdach, und wir rücken alle zusammen, und Jean sitzt in der Mitte und wird mit Fragen beworfen. Ich, der ich vorher noch neben Jean Platz gefunden habe, sitze jetzt fast entfernt von ihm, in die schmale Lücke zwischen uns haben sich noch drei weitere Leute gepresst, die Jean jetzt nah sein wollen. Ich denke daran, welch ein Trottel Jean gewesen ist, damals mit seiner Bombe im Schwimmbad auf dem Land, das ist doch erst wenige Wochen her, und wie großartig er jetzt ist. Ich denke auch daran, dass er nicht Jean heißt, weil bei uns dort keiner wirklich Jean geheißen hat, aber ich sage jetzt lieber nichts. Dann soll es eben so sein, Jean, hier spricht das eh auch keiner richtig aus.

Als Jean aufgerufen wird, ist er sofort aufgenommen. Er muss gar kein Gespräch mehr führen oder eine Probearbeit abliefern. Jean kann einfach heim-

gehen und an sein Œuvre anknüpfen. Als ich aufgerufen werde und meine Mappe auf den Tisch lege und meine Studien vom kleinen Fisch im Wasserglas hervorziehe, merke ich, dass daran etwas nicht stimmt. Ich merke es exakt jetzt.
Sie stimmen, sie sind richtig, sie sind nach der Natur, und ich bin noch ganz stolz darauf gewesen, als ich sie auf Passepartouts geklebt und in eine Mappe einsortiert habe. Eine selbstgebastelte Mappe! Ich habe mir gesagt, ja, genauso sieht ein Fisch aus, und mein Vater hat mir dabei noch anerkennend auf die Schulter geklopft. Wir haben noch gemeinsam die Farben der Passepartouts ausgesucht. Ich habe auch das Wort dafür eben erst gelernt gehabt.
In der Stadt, fast schon zu spät, muss ich erkennen, dass man hier keine kleinen Fische detailgetreu mit zarter Farbe aufs Papier tuscht. Ich stehe vor meinen Bildern, und der Fischschwarm blickt mich aus hundert Augen an, und auch er, wie alle, schüttelt enttäuscht den Kopf: Junge, wach auf!

Ein Jahr lang gehe ich geduckt durch die Straßen der Stadt. Wenn ich zum Himmel blicke, sehe ich dort Jeans ausgerolltes Bild über mir, das die Sonne verdeckt, ein ganzes Jahr. Ich schäme mich für die Fische und dafür, dass ich es nicht verstanden habe, sie daheim zu lassen in meinem Bubenzimmer. Das, was ich kann, ist jetzt nicht mehr gefragt. Ich schaue auf die Straßen und Wege vor mir und denke:

Jean werde ich nie mehr einholen. Der Vorsprung ist einfach zu groß.

Ab dem nächsten Jahr bin ich auch mit dabei. Ich habe mich in den Monaten des Wartens vorbereitet, ich habe meine Bilder auf Rollen gemalt und die Fische entsorgt – oder, ehrlicherweise, sie meinen Nachbarn geschenkt. Ich besuche jetzt jeden Kurs, ich will alles lernen. Ich habe zwölf neue Arme und an jedem eine Hand, die etwas anderes macht. Ich will das Jahr aufholen, und ich sehe Jean vor mir.

Jean ist in dieser Zeit weit gekommen. Er hat schon einen Platz, auf dem sein Name steht. Hier kennt ihn jeder als Jean, und wenn man etwas nicht weiß, heißt es: Frag Jean.
Ich hab nichts gewusst, ich habe Jean gesucht und ihn nach allem fragen wollen, aber Jean ist nicht da gewesen. Ich habe mich mit Thermoskanne und Schlafsack einen Tag und eine Nacht vor die Tür gesetzt und gewartet. Jeder, der in diesen Stunden vorbeigekommen ist, hat dabei etwas über Jean gesagt, aber Jean ist weiterhin nicht hier gewesen.
Er war so schon in aller Munde. Ich glaube, ich habe dazwischen auch etwas über Jean gesagt, um mich ins Spiel zu bringen, ich habe laut seinen Namen gerufen, gewinkt und dann mit der Hand ein Tele-

fon nachgeformt, so als stünde er auf der anderen Straßenseite, kaum noch zu sehen, und wir hätten die Verabredung, uns später noch hören zu wollen.

Ich stelle mir dann vor, wie ich mit Jean etwas Wichtiges ausgemacht habe.

Wir treffen uns am See in der Bar vom Eden au Lac – nein, ganz falsche Richtung, wir bleiben in unserer Stadt und gehen ins finsterste Lokal am Kai. Mit Jean im Eden au Lac, das soll erst viel später sein, wenn wir älter sind, und Geld keine Rolle mehr spielt.

Jetzt, stelle ich mir vor, sitzen wir im Lokal am Kai und Jean erzählt mir von seinen Geschichten.

Jean hat Affären, wie es zu seinem Namen passt, oder er behauptet, welche zu haben, und ich verschweige, dass ich noch nicht einmal jemanden geküsst habe, als es noch Mädchen gegeben hat und aus ihnen nicht schon, wie jetzt, Frauen geworden sind. Ich bemühe mich trotzdem, Jean ein guter Gesprächspartner zu sein.

Wir bestellen Alkohol, und ich stelle mir vor, Jean bestimmt, was unserer würdig ist in diesem Augenblick. Vielleicht Pastis, wenn nicht ein kleiner Schluck schon so teuer wäre? Aber mit einem Krug Wasser ergibt das eine feierliche Menge. Und noch zwei Pastis und noch zwei. Als wir betrunken nach

Hause torkeln, umarmt mich Jean zum Abschied und sagt: Du bist mein Ami.

Ich bin jetzt sein Amerikaner, sein Freund. Ich stelle mir vor, ich wäre Johnny.
Ganz sicher heißt hier keiner Johnny und hätte auch dort auf dem Land keiner Johnny geheißen, aber ich mache mit diesem Namen jetzt einen Anfang in der Stadt. Johnny, der Stille, das ist zwar nicht die schönste aller Rollen, aber besser als gar keinen Namen zu haben und gar kein Gesicht. Es würde auch zu Jean passen, dass ein blasser Bewunderer mit einer Mappe voll mit verschenkten Fischbildern hinter ihm herläuft.

Jean entwickelt sein Œuvre.
Wenn auf den Straßen riesige Baucontainer stehen, klettert er hinein und gräbt im Sperrmüll. Mehrere Wochen sieht man, wo man auch hinkommt, Jean klettern und graben, überall in der Stadt. Ich sehe ihn, zufällig, mehrmals am Tag, an voneinander entfernten Ecken. Immer ist er ganz bei der Sache. Ich wage nicht, ihn anzusprechen, um ihn nicht aus seiner Tätigkeit zu reißen.
Ich bin mir sicher, Jean hat sich vervierfacht, mindestens. Ein ganzer Bautrupp an Jeans klettert und gräbt im Sekundentakt: Tak-tak-tak-tak-tak-tak-tak.

Manchmal wird Jean von dort vertrieben, manchmal rufen ihm die Passanten etwas nach, manchmal aber auch öffnen die Bewohner ihre Häuser, und Jean darf auf die Dachböden steigen und sehen, ob er etwas Brauchbares findet.
Die jungen Leute mit ihren zerrissenen Jeans, sagen die alten Hausbesitzerinnen dann, und manchmal stellt eine von ihnen Kuchen und Kaffee für Jean auf den Tisch.
Niemand weiß, was Jean mit den Sachen macht, die er gefunden hat. Ich kann selbst nicht arbeiten, weil ich mich ständig frage, was Jean wohl macht.

Während wir alle auf Jean warten, lernen wir einander langsam kennen. Ich bin Johnny, sage ich zu den anderen Leuten hier, und sie nennen mich Johnny.
Manchmal reden sie über Jean. Der ist sehr beschäftigt, sagen sie und berichten einander, wo er nicht dabei gewesen ist, und sagen, dass Jean nur noch eine Spukgestalt ist.

Wenn ich nachts schlafen gehe, erscheint Jean als Spukgestalt. Er zerrt mich aus dem Bett und möchte mit mir den Pastis-Abend wiederholen. Wir gehen erneut ins Lokal am Kai, ich im schwarz-weiß-gestreiften Pyjama, Jean bestellt wieder Gläser und einen Krug Wasser, wir rauchen, und Jean erzählt mir von einer jungen Frau. Es ist Denise, Indianer-

name: Denise-die-dein-Herz-gebrochen-hat. Jean zeichnet sein Herz auf eine Serviette und zeigt mir die Stelle, wo es gebrochen ist. Wir nennen sie Sollbruchstelle und kitten sie mit Pastis: Pastis-der-dein-Herz-kitten-wird. Notdürftig, sagt Jean.
Ich beschließe, mir drei Lexika zu kaufen für meine nächtlichen Treffen mit Jean. Indianisch wird das erste sein. Ich hätte jetzt so gerne noch etwas zu ihm gesagt. Me, I don't like Anise.

Dann kommt der Tag, an dem Jean ein Plakat aufhängt. Wir sollen alle zu ihm kommen, steht darauf, es findet in seinem Zimmer statt, heute Abend in einer Woche.
L'art, c'est une chaise, hat Jean darauf geschrieben, von Deleuze.

Eine Woche später läuten wir bei Jean am Hauseingang, aber es meldet sich niemand. Wir warten und gehen dann die Treppen hinauf zur Wohnung, in der sich Jeans Zimmer befindet.
Die Wohnungstür ist verbarrikadiert. Wir stehen davor, und niemand sagt etwas. Wir schauen nur.
Alles ist zugebaut. Dann nimmt endlich einer von den Leuten hier die erste Latte weg, ein anderer reißt das Absperrband durch.
Aber wir kommen nicht voran. Wir beratschlagen

uns. Manche wollen heimgehen. Manche wollen Jeans Arbeit nicht zerstören. Manche sagen, wir sollen weitermachen und uns durch den Verschlag kämpfen.
Sie holen ihre Taschenmesser, Sägen, Schraubenzieher, Scheren, was eben zu finden ist. Einer baut seinen Computer auf, vielleicht ist das alles auch digital zu lösen.

Ich setze mich auf die Treppen und schaue zu.
Johnny, du kannst so schöne Zigaretten drehen, sagen die Leute, und ich habe meine Aufgabe gefunden, solange der Tabak reicht: Johnny-der-die-Zigaretten-dreht.

Wir haben alle nicht auf die Uhr geschaut, und die Leute haben einfach weitergegraben. Der Sperrmüll der Stadt war sämtlich in Jeans Wohnung gelandet. Er hat Möbelstücke, Bretter, Autoreifen, alles verschraubt und zusammengenagelt. Alles mit Lack besprüht, alles auf Hochglanz gebracht. Am Anfang haben die Leute noch vorsichtig jedes einzelne Stück vom nächsten gelöst, mittlerweile wird mit der Motorsäge gearbeitet.
Hinter den Sägenden hat sich eine Wolke aus Spänen und ein neuer Berg Schutt gebildet, ich muss mir einen eigenen Tunnel hindurchgraben, um nachzurücken. Weiter drehe ich Zigaretten, und manchmal sitzen ein paar von den Leuten mit mir

herum und trinken Bier oder essen Wurstsemmeln, um wieder zu Kräften zu kommen. Bloß nicht die Holzspäne zum Brennen bringen mit den Zigaretten, sagen wir, und wir passen aufeinander auf. Es sind schöne Stunden, die vergehen, und es ist lustig, wie die Leute hier alle daran zu tun haben, Jeans Zimmer zu erreichen.

Und irgendwann sind wir dann angekommen. Sechs Tage hat Jean gebraucht, um seine Sammlung aufzubauen, von der Wohnungstür bis hinein in sein Zimmer. Er hat alles gemacht: geklebt, geschweißt, gelötet, gepinselt: gigantisch! Am siebten Tag hat er sich in seinem Zimmer auf einen riesigen Thron aus Sperrholz gesetzt, hat die letzten Barrikaden errichtet und lackiert, hat sich gesagt, es ist gut geworden, und hat ab da auf uns gewartet.

Hallo Jean, rufen die Leute von unten zu ihm hinauf, und sehen weit oben nur seine Füße baumeln in schicken Schuhen. Jean schaut herunter und lacht.

Habt ihr alles mitgefilmt?

Wie, mitgefilmt? Wir haben dich gerettet!, rufen die Leute.

Ach, ihr seid solche Idioten, sagt Jean und spuckt herunter und rührt sich nicht mehr, bis nicht alle gegangen sind.

Ich hab gedacht, ihr seid alle weg, sagt Jean im Morgengrauen zu mir, als er von seinem Thron herun-

tergeklettert kommt. Jetzt erst sehe ich, dass er verkleidet ist. Wie ein Faun auf hohen Plateausohlen steigt er herab zu mir, langsam und stolz, mit nacktem Oberkörper, weiß geschminkt und mit großer Perücke. Dann öffnet er seine linke Hand, und eine helle, glitschige Masse von Kügelchen aus Klebstoff oder Creme kommt darin zum Vorschein. Es ist, als wäre seine Hand eine Blüte, die aufgeht, nass und frisch und geil auf den neuen Tag.
Alles umsonst, sagt Jean, und schmiert sich seinen feuchten Blütenstaub in den Schottenrock. Wenn es nicht mitgefilmt worden ist, ist es umsonst. Tant pis, ihr Arschlöcher.
Ich gehör eigentlich nicht dazu, sag ich leise.
Er fragt mich gar nicht nach meinem Namen und geht. Ich habe ein paar Mal von dir geträumt, könnte ich sagen, da ist er schon weg. Auch kein Dank dafür, dass wir ihn nicht mitsamt seinen Spänen abgefackelt haben.

Jean kennt mich nicht. Trotzdem stelle ich mir vor, er hätte im Sperrmüll nicht nur alte Möbel gefunden, sondern auch meine Bilder, die ich den Nachbarn geschenkt habe. Sie haben sie weggeschmissen, aber Jean hat sie wieder aus den Trümmern geholt: Jean-der-die-Fische-angelt.

Als ich vor einem Jahr vom Land in die Stadt gezogen bin, hat es ein großartiger Aufbruch sein sollen. Ich habe, ja!, die Jahre gezählt bis zu diesem Aufbruch. Jedes Mal zu Silvester habe ich mit einem silbernen Lackstift ein Kreuz in den Kalender gemacht – ich nenne es: ein diskretes Feuerwerk. Später sind es dann die Monate gewesen, die ich gezählt habe, und zum Schluss, da habe ich mir erlaubt, die letzten 365 Tage zu zählen. Kreuz um Kreuz.
Am Tag 365 habe ich meinen Koffer schon am frühen Morgen gepackt gehabt und eine ganze Kalenderseite bemalt in den Farben des Regenbogens. Am liebsten wäre ich schon in Anorak und Mütze beim Frühstück gesessen, damit klar ist: ich breche jetzt auf.

In meinem Koffer sind die Bilder, meine Lederjacke und meine Stiefel, die Zigaretten und das Übliche.
Der Koffer wird noch einmal geöffnet. Ein Pyjama wird hineingesteckt. Die Stiefel werden noch einmal herausgenommen und geputzt, ach, Mist. Wenn ich fort bin, muss ich sie erst wieder schmutzig machen.
Die Seitenfächer des Koffers werden durchsucht:
Kind, siehst du dir so etwas an?!
Nein, das ist nur zu Recherchezwecken.
Ich werde das erste Mal nicht rot, sondern bleibe blass, gleich bin ich fort.

Gut, nur noch den Hürdenlauf bewältigen. Bevor ich gehen kann, soll ich noch vom Garten bis zu den Nachbarn laufen. Dort soll ich noch zu den Nachbarn der Nachbarn laufen. Ich soll noch im nächsten Dorf Bescheid sagen. Ich soll noch einen Abschiedsschnaps trinken im Bezirksamt. Ich kann erst den übernächsten Zug nehmen, der Bahnhofsvorsteher möchte mir noch die Jahreskarte verkaufen, damit ich immer heimkommen kann. Als der übernächste Zug einfährt, marschiert die Blasmusikkapelle auf und spielt mir den Abschiedsmarsch.
Ich steige endlich ein, und die Musiker winken mit ihren Taschentüchern in einer einstudierten Choreographie. Oh, Johnny! Hätte ich damals schon über die Wortgewalt des Hip-Hop verfügt! Und hätte ich dem Querflötisten ordentlich sein Maul gestopft! Und würde ich mich doch nicht immer aufhalten lassen!
Oder mein Hindernislauf ist so gewesen: Ich werde genötigt, ein letztes Mal meine Turnsachen anzuziehen. Es sind eine rote, sehr kurze Sporthose und ein weißes Unterhemd. Ein Stirnband und Stutzen bis zu den Knien. Ich laufe und springe, Boden, Balken, Kasten. Dann zum Reck: Aufschwung, Umschwung, Überschwung. Mit beiden Beinen landen und die Arme zur Seite strecken. Ich schwanke. Die Wertungsrichter pfeifen.
Mein Vater hält eine 3 hoch, meine Mutter eine 6,

meine Schwester die 5. – Ich weiß nicht, irgendwie bin ich losgekommen. Fast ganz.

We'll meet again, das ist so ein dummes Lied, sagt Jean in meinen Gedanken, um bloß keinen Abschiedsschmerz aufkommen zu lassen.
Wie war das, frage ich ihn, als du nach dem Sommer deinen Koffer gepackt und dich verabschiedet hast?
Ah, bof, sagt Jean, das war allen egal. Wir sind so viele Kinder gewesen, die haben nicht mal meinen Namen gewusst.
Hm, sage ich. Wenn wir uns tagsüber in der Stadt treffen, weißt du meinen Namen auch nicht. Ich hätte dich fragen wollen, ob du auch in der Nacht träumst, dass wir Freunde sind.
Johnny, sagt Jean in meinem Traum, solche dummen Träume habe ich nicht.
Dann erzählt Jean von Angélique, die er nach seinem Barrikadenwerk kennengelernt hat, als er dehydriert und mit verklebten Fingern eine Stunde an der Infusionsflasche gehangen ist.
Wie? Noch einmal: Jean hat ja eine Woche an seinem Thron aus Regalen und Brettern gearbeitet gehabt. Er hätte gewollt, dass wir unseren Weg zu ihm auf Video aufzeichnen und dass er dann als Faun und in Slow Motion zu uns herabsteigt. Eigentlich logisch, im Nachhinein betrachtet. Als das Projekt in diesem Sinne aber gescheitert gewesen ist, ist auch

Jean mit seinen Kräften am Ende gewesen. So ist er im Krankenhaus gelandet bei Angélique. Wie es Jean gelingt, hier in unserer Stadt ständig auf Frauen mit französischem Vornamen zu treffen: das nenne ich Glück.

Das hat mir gleich Ideen für meine nächste Arbeit gegeben, sagt Jean.

Angélique, die Krankenschwester?

Nein, das Tropfen der Infusion.

Drip Painting, Jean?

Aber nein, ruft Jean, etwas Neues muss es sein! Wie Franz immer sagt: zeitlos-genial. Außerdem bin ich gegen die Amerikaner und ihr Painting.

Ich bin ein Amerikaner, Jean.

Johnny, dich zähle ich nicht dazu.

Angélique hat mir assistieren sollen, wie es sich gehört. Und es gehört sich eben, dass die Assistentinnen von großen Meistern der Avantgarde immer nackt sind. Angélique hat das zuerst nicht gewollt – aber für mein Œuvre, hat sie gesagt, macht sie es doch.

Oder ist es gar so gewesen, dass Angélique gesagt hat, wenn sie nicht nackt ist, ist es kein Œuvre, ja!, so ist es gewesen. Sie hat sich den weißen Kittel vom Leib gerissen, dass die Knöpfe wie im Kugelhagel auf mich eingeschossen sind, sie hat mit der linken Hand eine Blutkonserve im Plastikbeutel an ihre Brust gedrückt und mit einer ausladenden Geste der rechten zugestochen, mit dem Chirurgenmesser

mitten in den Beutel hinein. Farbexplosion! – Mir wäre, ergänzt Jean, Ives-Klein-Blau statt des Blutes zwar noch einladender erschienen, aber ich habe sie auch so genommen.
Noch dort, im Krankenhaus?, frage ich.
Im Krankenhaus, sagt Jean: im Schwesternzimmer, in der Notaufnahme und in der Kantine. Wir haben in den Gängen eine rote Spur hinterlassen auf hellgrünem Linoleum. Rot auf Grün, wiederholt Jean: Komplementärkontrast! – Ich hab Angélique bei diesem Anblick natürlich sofort verlassen wollen, um dafür meinen Fotoapparat zu holen. Das hat sie falsch verstanden, und hat mir mit dem Messer in die Brust gestochen. Ganz knapp am Herzen vorbei, haben die Chirurgen gesagt.
Jean knöpft jetzt sein Hemd, das ohnehin immer weit offen steht, noch weiter auf und zeigt mir den Verband.
Er sieht damit so gut aus. Nur ein ganz zarter Kontrast ergibt sich da zwischen dem Weiß der Mullbinde und dem Elfenbeinton seiner Haut.
Jean, dein Elfenbein, sage ich.
Ivory, Johnny, spinnst du? Das ist Chamois. Oder eine Art sehr helles Beige. Gebrochenes Weiß mit sehr wenig Gelb, Sand, Muschel, Eierschale.
Okay, sage ich, Baby Powder, Corn Silk, not too much Cream. – Und diese Angélique versteht wohl nichts von Kunst?!

Weiß ist nicht nur der Kittel von Angélique gewesen, bevor er zum Schüttbild geworden ist. Weiß ist die Farbe von Papier und Leinwand.
Weiß ist der Kittel von Angélique auch wieder gewesen, nachdem sie ihn endlich in die Waschmaschine gesteckt gehabt hat, titanweiß.

Weiß ist ja eine sogenannte unbunte Farbe, aber in der Kunst um nichts weniger beliebt. Seit zum Beispiel einer einmal ein schwarzes Quadrat gemalt hat, sind auch die Galerien alle weiß. Wegen des Hell-Dunkel-Kontrasts, sagt Jean.
Deshalb sind auch die Mitarbeiter in den Galerien schwarz gekleidet, die selbst wiederum hinter weißen Pulten sitzen, gleich dort, wo man den Raum betritt. Diese Pulte sind so hoch, damit die Mitarbeiter dahinter verschwinden, denn die Hautfarbe ihrer Gesichter würde dem grafischen Prinzip von Schwarz und Weiß abträglich sein. Ist aber ein Mitarbeiter zu groß gewachsen und sein Pult zu niedrig, muss er vor seinem rotbäckigen Gesicht einen Laptop aufspannen in Weiß, Schwarz oder Silbergrau.
Eigentlich logisch, sage ich.
Total, sagt Jean.

Ich weiß gar nicht, wie ich beginnen soll.
Kennt jemand dieses Lied? Ich weiß gar nicht, wie

ich beginnen soll: das ist der Anfang eines Liedes. Und weiter?
Ich nehme an allen Kursen teil, in denen Jean tagsüber nie ist, und habe noch immer ein weißes Blatt vor mir. Ich lenke mich damit ab, dass ich lerne, eine Leinwand mit Knochenleim zu grundieren. Das Endergebnis nach drei Tagen Arbeit: weiß. Stinkend und kreideweiß.
Wie geht das? Man hämmert die Keilrahmen zusammen, hockt sich auf den Boden und bespannt die Rahmen mit Leinwand, wobei man jeweils in der Mitte der Rahmenleisten zu tackern beginnt: Mitte oben, Mitte unten, Mitte rechts, Mitte links. Man übt sich, lese ich, in der Politik des richtigen Bespannens. Von der Mitte aus arbeitet man sich mit der Klammermaschine zu den Ecken hin und zieht stets kräftig am Stoff, um eine möglichst starke Spannung zu erreichen.
Und weiter? Man erhitzt die trockenen Kügelchen des Knochenleims im Wasserbad und löst sie auf zu einer hellen, glitschigen Masse. Man sumpft Kreide ein und rührt sie dazu, streckt das Ganze mit der rechten Menge Wasser, dann streicht man die Leinwand. Trocknen lassen, wieder streichen. Trocknen lassen, wieder streichen. Die Leinwand spannt sich dadurch noch stärker und die Poren des Stoffes schließen sich für den späteren Farbauftrag.
Sechs weiß grundierte Leinwände, sechs weiße Quadrate: so weit komme ich. Weiter nicht.

Jean pfeift auf die Politik des richtigen Bespannens. Er wirft sich in die Büsche, umarmt die Bäume, steckt seinen Kopf in Mülltonnen, legt sich auf die Straße, öffnet Kanalgitter und klettert bis zum Bauch hinein. In jeder Pose verharrt er für einige Sekunden und nennt das: Skulptur.
Noch sind wir sein einziges Publikum, aber bald wird man auf ihn aufmerksam werden – das ist weder Vorahnung noch Allwissenheit, sondern es ist einfach logisch als Ergebnis der Summe von zu erwartenden Ereignissen.

Vielleicht ist die Zeit im Schwimmbad damals für Jean, als er sich noch nicht Jean genannt hat, sogar die Vorarbeit gewesen für das, was er jetzt macht? Ich denke an seinen Sprung ins Wasser, wie muskulös dieser Angeber gewesen ist und wie braun. Seine Haare sind von der Sonne blond gewesen, und er hat noch ganz anders gesprochen, mehr herumgebrüllt. Er hat so gut dort aufs Land gepasst, und jetzt passt er so gut hierher in die Stadt. Jetzt ist er hochgeschossen und schmal, seine Haut ist weiß, nein: blanche, und wie er jetzt spricht, naja, das hören ja alle. Er ist ein Trottel auf dem Land gewesen und ist jetzt ein Freak in der Stadt, und für beides beneide ich ihn, noch mehr: ich beneide ihn unendlich.
Vielleicht war es sogar gut, dass sein Vater so ein

Arschloch gewesen ist. Das ist zum Aufwachsen in den ersten achtzehn Jahren hart, aber beim Weggehen hilft es vielleicht dabei, keinen Umweg mehr einzuschlagen. Bloß los, keine Höflichkeiten und keinen Pyjama. – Da fallen mir im Kontrast dazu gleich wieder meine höflichen Fische ein, verdammt.

Zu den Fischen fällt uns schon noch was ein, sagt Jean, der mir jetzt im Poseidon-Kostüm zu Hilfe eilt. Er springt mit angezogenen Knien in meinen Gedankenfluss und rettet mich aus meinem sinkenden Schiff – und das ist keine Metapher, sondern genau so stelle ich mir das vor. Dass er mit dem Dreizack durch die Fluten kutschiert, ja. Vielleicht, sagt Jean, musst du bei den Fischen bleiben, und davon ausgehend, Johnny, tief hinein ins Blaue. Azur, Cyan, Indigo, ruft Jean als Gott der Meere über den Ozean.
Oder blau wie die Swimmingpools?
Ja, wie Hockney, geil wie Hockney, ruft Jean. Mach's wie Hockney, nur anders. Oder Quappi in Blau! Ich liebe diesen Titel, sagt Jean: Quappi in Blau im Boot. Der Maler Beckmann war ziemlich scharf auf diese Quappi: Quappi mit Papagei, Quappi auf Pink, Quappi hier und Quappi da. Und Jean sagt jetzt noch ein paar Mal hintereinander: Quappi. Beckmann hat aber auch ein Bild gemalt, es heißt: Der kleine Fisch. Und: Reise auf

dem Fisch. Und: Schlafende Frau mit Fish Bowl. Die Fische sind nicht so schlecht, sagt Jean, und Beckmann ist auch nicht so schlecht, das wird dir heute jede Comiczeichnerin bestätigen. Schlafende Frau mit Fish Bowl, ruft Jean, oh, wie gern würde ich jetzt mit einer Frau schlafen! Vielleicht gibt es eine, die auf Poseidon steht?

Und damit schwimmt Jean davon. Und wirklich, er trifft bald auf eine Nixe, die wunderschön ist und willig zwar – aber leider, bei den Nixen geht ja bekanntermaßen gar nichts.

Kann Jean deine Leinwände haben?

Eine von den Leuten hier rüttelt an meiner Schulter.

Johnny, hast du geschlafen?

Nein, ich hab von Nixen geträumt, sage ich.

Kann Jean deine sechs grundierten Leinwände haben?

Wieso das denn?, frage ich.

Er hat gesagt, ich soll demjenigen, dem sie gehören, ausrichten, dass er sie verwendet hat.

Wie, frage ich, er hat sie schon?

Ja, Jean hat sie heute Morgen auf sein Fahrrad gestapelt und ist damit davongefahren.

Ach so, sage ich und setze mich auf die Treppe vor der Eingangstür und denke mir, ich werde diesem Jean einmal sagen, dass das nicht geht. Ich werde ihn

ansprechen: Du erinnerst dich sicher an mich, werde ich deutlich sagen, ich bin der, der dich nach dem Ende des Barrikadenwerks von deinem Thron heruntersteigen sehen hat.
Da war noch jemand?, wird Jean fragen.
Ja, du hast noch zu mir gesagt, du dachtest, hier sei keiner, dann wollte ich dir sagen, dass ich hier bin und Johnny heiße.
An jenem Morgen? Das kann nicht sein, wird Jean sagen, da bin ich mit Véronique zugange gewesen.
Du meinst Angélique, werde ich sagen.
Angélique, die Krankenschwester, ja!, wird Jean rufen, du kennst die auch?

Hm. Hätte ich, während ich versuche mir vorzustellen, wie ein Gespräch mit Jean überhaupt aussähe, in demselben auch noch erklären sollen, dass ich diese Angélique selbstverständlich nicht kenne? Dass ich nur davon träume, dass er, Jean, mein Freund ist, der mir von seinen Affären berichtet?
Ein Gespräch, in welchem ich ihm sagen würde, dass er nicht ohne zu fragen meine sechs weißen Leinwände mitnehmen könne? Hätte ich erwähnen sollen, dass ich sie ihm, wenn er mich darum gebeten hätte, ohnehin geschenkt und sogar beim Abtransport geholfen hätte? Dass diese ja viel zu lange herumgestanden sind, ohne dass ich damit etwas anzufangen gewusst habe.
Und dass Jean selbst es war, der mir in meinen Träu-

men erzählt hat, wie er, nach getaner Arbeit, die Krankenschwester Angélique hat sitzen lassen.

Dass ich Selbstgespräche führe, in denen ich mir uns beide als Freunde denke, Jean et Johnny, Johnny and Jean?

Ha!, schreit Jean. Das passt ja hervorragend. Dann können wir einen auf Jules et Jim machen: wer willst du denn sein? Der Stille mit den treuen Augen, der schwierig ist, aber so sehr liebt? Ha?! Oder der Dunkelhaarige, der der bessere Liebhaber ist, hm? Such's dir aus, Johnny! Die Fahrradszene können wir streichen. Deine kleinen Fische werden euch trotzdem nicht satt machen. Eh! Schnappt sich dieser blasse Johnny doch einfach meine Angélique.
Nun, sagt Jean, Jeanne Moreau wäre mir auch lieber gewesen. Wenn ich als junger Künstler in Paris gelebt hätte, ich hätte auf jeden Fall Jeanne Moreau genommen, ich verstehe jeden österreichischen Dichter, der ebenso gehandelt hat.
Jean, sage ich, ich hab nichts mit Angélique gehabt.
Ach so? Sag das doch gleich! Angélique, Véronique, Quappique! Jean lacht. Quappique heißt meine Muse, Quappi ist meine Musique!
Ach, Jean, du spinnst ja.

Einmal in der Woche findet das Aktzeichnen statt. Das ist nicht so aufregend, wie alle meinen. Nein, es ist noch viel, viel aufregender! Ich schwitze, und meine Hände zittern – was fürs Zeichnen wiederum nicht so schlecht ist. Weil, wenn man zeichnet, alles fürs Zeichnen gut ist. Man muss nur damit anfangen.

Dabei ist es so, dass ich noch nie eine Person ganz nackt gesehen habe. Ohne Badehose. Keinen Mann und keine Frau. In den Magazinen schon, aber im richtigen Leben noch nicht. Das Problem ist, dass ich mich nicht traue, den Aktmodellen zwischen die Beine zu schauen. Selbst wenn ich mich trauen würde, könnte ich das, was ich dort gesehen habe, nicht zeichnen.

Wenn ich mir vorstelle, dass die anderen beim Zeichnen auf meine zitternden Hände sehen und sich denken: Ah, jetzt zeichnet er also den Schwanz. Oder wenn ich mir vorstelle, dass die Professorin mir über die Schulter blickt und sagt: Johnny, bei der Vagina solltest du stärker mit Rottönen arbeiten.

Ich bin ganz froh, als einmal eine dicke alte Thailänderin bei uns auftaucht, die sich weigert, sich vollständig auszuziehen, und die ihre großgeblümte Seidenunterwäsche anbehält.

Ich konzentriere mich auf die Blüten ihrer Wäsche. Eine schöne Serie von Kohlezeichnungen entsteht in Grün, Rot, sehr hell, dabei dunkle, kantige Umrisse. Ein bisschen von Quappi steckt doch auch in meinen Bildern.

Ich lege die Blätter vor mir auf den Boden und gruppiere sie so, dass sie ein großes Fries ergeben.
Ah, du gruppierst deine Bilder so, dass sie ein großes Fries ergeben, sagt die Professorin, als sie an meinen Platz kommt. Kommt mal alle her, seht euch Johnnys Arbeiten an!
Ich bin sehr stolz, versuche aber, dabei gelassen auszusehen. Die anderen scharen sich um mich – ach, wenn Jean das jetzt sehen könnte!
Georgia O'Keeffe, beginnt unsere Professorin, wer kennt ihre Arbeiten? Und dann folgt ein langer, ausführlicher, begeisterter Vortrag über die symbolische Verwendung von Früchten und Blumen in der Geschichte der Malerei von der Antike bis hinauf zur Gegenwart. Die Professorin nimmt sich kein Blatt vor den Mund, sie sagt Vagina, Vagina, Vagina, und am Ende sagt sie sogar noch: Genitalpanik.

Es ist natürlich jämmerlich, daraufhin keine Stunde Aktzeichnen mehr besuchen zu wollen, aber in der Woche danach hab ich einfach nicht gekonnt, in der zweiten hab ich mir gedacht, jeder wüsste, ich bin nicht gekommen, weil mir das Ganze noch immer unangenehm ist, und in der dritten ist mir klar gewesen: nach drei Wochen Pause kann ich nicht plötzlich wieder dort aufkreuzen.
Und Jean kann ich nicht erzählen, dass das daran liegt, dass ich noch nie mit jemandem geschlafen

habe, schließlich stelle ich mir seit Monaten vor, wie ich ihm Ratschläge für seine Affären gebe. Wahrscheinlich ist es mit der Liebe genauso wie mit dem Aktzeichnen: zuerst geht man nicht hin, danach denkt man, so spät kann man auch nicht mehr damit anfangen, und schließlich lässt man es ganz.

Ich stelle mir jetzt eine Gruppe junger Kunststudenten vor, wie sie im Museum of Modern Art einmal vor meinem Lebenswerk stehen werden, und wie die Kunsthistorikerin, eine Professor Mary Schoenblum vielleicht, mit diesem typischen biographical Approach der Amerikaner fleißig in ihr Headphone spricht:
Johnny war ein großer Künstler, aber mit den Frauen klappte es nie. Seine Schaffenskraft floss voll und ganz in seine Arbeit, und wir nachfolgenden Generationen danken es ihm mit hingebungsvoller Bewunderung.
Dann klatschen die jungen Kunststudenten, verabschieden sich in den Skulpturengarten des Museums, sitzen in der Sonne und schmusen mit ihren Freundinnen. Und die Kunststudentinnen schmusen mit ihren Freunden. Und manchmal schmusen auch zwei Männer miteinander und manchmal auch zwei Frauen. Professor Mary Schoenblum wird sich auf den Heimweg machen und den Tag gedanklich Revue passieren lassen: Did I really use the term: mit hingebungsvoller Bewunderung? Oh, Boy!

Oh, Boy!, rufe jetzt auch ich laut aus. Wieso sollte Professor Mary Schoenblum, die in ihrem Leben doch einiges geleistet haben wird, niederknien vor diesem alten Sack? Schluss damit! Sie wird zum ersten Mal in ihrem Leben einen bedeutenden Maler der Kunstgeschichte mit Schimpfwörtern eindecken, während sie wütend durch die Strawberry Fields des Central Park stapfen und in ihren Burrito beißen wird.
Und mir wird keine Generation nachfolgen, denn ich stiller Johnny werde kein einziges Kind gezeugt haben, Bloody Mary!

Es bleibt dabei: Jean kann ich nicht erzählen, dass ich noch nie mit jemandem geschlafen habe, also würden wir nur übers Rotwerden an und für sich sprechen, stelle ich mir vor.
Du hast eben eine rote Phase, sagt Jean, das wird vorübergehen. Und Rot ist gut, denk an das rote Kleid, das Maria in diesen Madonnenbildnissen immer unter dem blauen Umhang trägt. Dazu die Rosen und die Erdbeeren, die Erdbeeren! Ich hab immer geglaubt, um dieses Rot herzustellen, müsse man die Schildläuse bei lebendigem Leibe zerquetschen. Sie werden aber einfach getrocknet und danach ausgekocht. Hab ich, sagt Jean, nämlich gerade in einem Essay von dieser Mary Schoenblum gelesen.
Ach, Jean, das hilft mir jetzt überhaupt nicht, sage

ich. Aber Jean ist nicht zu stoppen: Bei den Madonnen in ihren Paradiesgärtlein, redet er weiter, fällt mir gleich Cranach ein. Wenn nichts mehr hilft, hilft Cranach. Wenn ich diese blassen Figuren sehe mit ihren großen Köpfen und den kleinen Körpern, den Kugelbäuchen und den Mandelaugen, mit diesen schmalen Mündern, die verschmitzt lächeln, dann muss ich lachen vor Glück, wirklich. Und wie sie angezogen sind, wenn sie nicht nackt sind, rot, ocker, weiß, dazu ein durch und durch schwarzer Hintergrund. Die Bänder, Federn, Hüte und Ketten! Und die Tiere dazu, wie sie, zwei und zwei, sich versammeln rund um das Menschenpaar im Paradies, und, hallo!, ruft Jean: dort ist ja auch meine Nixe abgeblieben. Cranach, ich könnte ein ganzes Buch darüber schreiben!
Jean, stop it!, sage ich, darauf hat hier wirklich keiner Lust. Und weil wir freilich wieder im Lokal am Kai sitzen, sage ich auch noch: Und bitte bestell jetzt keinen Rotwein.
Gut, wir brauchen ein Gegengift. Etwas Grünes?!
Der Barkeeper zögert: Vielleicht mit Basilikum, Gin Basil Smash?
Jean will aber nichts mit Basilikum und nichts mit englischem Namen trinken, also gehen wir an diesem Abend einmal früher nach Hause.
Jean schiebt sein Fahrrad neben mir her, während wir den Fluss entlangschlendern. Auf den Wiesen der Uferböschung sitzen ein paar junge Menschen

grüppchenweise beisammen. Es sieht beneidenswert aus.
Ich denke mir, dass Jean wahrscheinlich auch ein Spielverderber sein kann, aber ich kenne sonst niemanden, zu dem ich mich jetzt dazusetzen könnte.

Und noch etwas plagt mich: Vielleicht ist es ein Fehler gewesen, überhaupt in diese Stadt gekommen zu sein anstatt gleich in die größte Stadt. Oder gleich nach New York?

Wenn ich es bei Tageslicht betrachte, muss ich mir eingestehen: Jean ist weder Freund noch Spielverderber, denn Jean kennt mich schlichtweg nicht und ist bereits mit seinem nächsten Werk beschäftigt.
Es geht ihm diesmal darum, dass man sich als Besucher einen Weg durch einen labyrinthischen Raum sucht, um zu einem weißen Kubus vorzudringen, in den man schließlich hineinschlüpfen soll. Dieser wiederum besteht aus sechs weißen Leinwänden, meinen sechs weißen Leinwänden!, was zugegebenermaßen auch sehr schön ist. Jean zeigt darin vier schwarze Videoprojektionen, und ich begreife das erst, nachdem ich aus diesem Würfel wieder hervorgekrochen gekommen bin und seine Erklärung dazu gelesen habe.
Okay, ich krieche noch einmal zurück und finde es nun doch gut, dass man so gespannt auf etwas wartet, das dann wieder ein Nichts ist, um das so viel

Aufwand getrieben wird. Und dass wir hierfür alle zusammengekommen sind und dass die anderen Leute doch viel miteinander sprechen.
Ist Schwarz überhaupt eine Projektion? Manche finden Jeans Arbeit scheiße, manche finden sie gut.
Ich höre zu und bin ein grauer Mäuserich und passe daher gut zum Schwarz-Weiß von Jeans Kunstwerk, sofern wir an dieser Stelle das bekannte Prinzip des Grafischen weiterverfolgen wollen.
Johnny, hast du eine Zigarette für mich?
Wäre ich ein Maler wie Jean oder ein Dichter wie Stéphane Mallarmé, alle müssten jetzt auf mich hören, und ich würde wegen des Würfels zum Beispiel etwas Kluges über den berühmten Würfelwurf sagen.
Aber da klatscht Jean schon in die Hände und ruft: Les jeux sont faits!, und ich bleibe Johnny-der-euch-die-Zigaretten-dreht.

• • •

Weil ich nicht mehr zum Aktzeichnen gehe, opfere ich für den Weg zum Masterpiece meine alten Magazine.
Es fällt mir nicht leicht, sie zu zerstören – die darin porträtierten Mädchen sind mir ans Herz gewachsen, denn die Nächte meiner Jugend waren den Gedanken an sie gewidmet: Jennifer und Jessica.
Sobald das Licht aus gewesen ist, bin ich unter die

Bettdecke gekrochen. Meine Taschenlampe hat das Scheinwerferlicht für die Bühne gemacht, die meine Matratze war. Das ist in meiner Vorstellung immer gleich abgelaufen: Zuerst bin ich mit Jennifer und Jessica in die Disco gegangen. Wir haben getanzt und gelacht, und sie haben von mir Geschenke bekommen, meinen Teddybär, mein Taschenmesser und anderen Luxus dieser Tage. Sie haben sich darüber gefreut und mich zum Dank selbstverständlich küssen wollen. Ich habe das abgewehrt, aber sie haben sich geradezu auf mich geworfen.
Widerwillig lasse ich es geschehen. Weil meine Mutter hinter der Tür steht und prüft, ob ich wohl schlafe, muss ich sehr leise sein, während ich Jennifer und Jessica ausgeliefert bin.
Nach dem Discobesuch gehen wir gemeinsam heim. Auf dem Weg ins Hotelzimmer beginnt es jedes Mal zu regnen. Unter meinem Kopfkissen liegt daher mein gelber Regenmantel bereit: den muss ich jetzt rechtzeitig hervorziehen und Jennifer und Jessica überwerfen, damit sie trocken bleiben. Dankbar sehen sie mich an.
Ich habe euch in meinen feuchten Träumen stets vor Regen geschützt, sage ich nun, die Schere in der Hand, zu den beiden: jetzt ist der Moment gekommen, in dem ich eure Hilfe brauche.
Klar, Jennifer und Jessica nicken.
Ich gehe nicht mehr zum Aktzeichnen, und deshalb schneide ich Jennifer und Jessica und alle ihre ver-

ständnisvollen Freundinnen aus den Magazinen aus und klebe sie auf Zeichenblätter.
Fester, fester!, rufen die Mädchen, und ich drücke mit der flachen Hand noch einmal auf ihre kleinen Körper und klebe sie an den Rändern zusätzlich fest.
Mit schwarzem und weißem Lackstift ergänze ich ihr Make-up und ziehe Bahnen von hunderten von kleinen Pünktchen über ihre Brüste und Schenkel. Es entsteht so ein ganzes Volk von Ureinwohnerinnen, und ich schaue sie an und denke: nichts ist umsonst.
Ich höre sie bald leise singen und stampfen und sehe, wie sie sich rhythmisch zu den Klängen einer Trommel bewegen, und höre, dass dazwischen eine laut schreit und mit der Zunge Schnalzlaute erzeugt. Ich ducke mich hinters Farnlaub und sehe ihnen lange zu.
Johnny, ich will dich!, ruft Jessica, dieses herrlich tätowierte Mädchen.
Ja!, rufe ich.
Und da steht plötzlich eine meiner Mitbewohnerinnen in meinem Zimmer und fragt: Johnny? Was ist los mit dir?
Nichts!, rufe ich, und werfe meinen Military-Parka über alle Zeichenblätter.
Was machst du da?
Nichts.
Hm. Johnny, ich will dich –, sagt meine Mitbewoh-

nerin Valérie: zum Abendessen einladen. Ich hab Nudeln gekocht.
Ach so, sage ich.
Magst du keine Nudeln?
Nein, sage ich.
Als sie wieder abgezogen ist, falle ich mit dem Gesicht voran auf meinen Parka und bleibe dort liegen. Gibt es auf dieser Welt einen einzigen Menschen, der keine Nudeln mag? Soll ich noch einmal hinausgehen und sagen: Oh, you mean: Noodles? Da hab ich dich vorhin falsch verstanden, ja, natürlich mag ich Nudeln, aber das Deutsche ist mir nicht immer so geläufig, Darling. – Nein, ich glaub, ich lass das lieber.
Steh auf, Johnny, rufen jetzt die Mädchen unter meinem Parka.
Was?, frage ich. Ihr wollt auch fort?
Ja, rufen Jennifer und Jessica und sehen dabei kämpferisch aus in ihrer Kriegsbemalung. Uns reicht es schon lange, Johnny. Zeichne uns Hemd und Hosen und ein ordentliches Paar Doc Martens. – Und so gewappnet marschieren sie ab ohne ein Goodbye.
Mir bleiben nur ein Taschenmesser und der Bär aus Kindertagen, die Bilder sind mit den Mädchen fort. Dass sie sich befreit haben, um sich zwei Straßen weiter direkt in Jeans Arme zu werfen, halte ich für eine allzu pessimistische Annahme.

Malmaterial und seine Verwendung im Bilde, das ist der Titel eines Standardwerkes, zu dem man in Profi-Kreisen einfach sagt: der Doerner.
Nachdem ich gehört habe, dass für das Schaffen eines Werkes der sogenannte Materialanreiz den Ausschlag geben kann, mache ich mich nun auf den Weg in eine Lagerhalle außerhalb des Stadtzentrums. Es handelt sich hierbei natürlich um den bekannten Künstlerbedarfsladen, aber ich nenne ihn: mein Paradiesgärtlein.
Wie bewegt man sich durchs Paradies? Also, zuerst beglaubigt man mit seiner Unterschrift, dass man ein Profi ist, denn nur Profis dürfen im Paradies einkaufen.
Dann geht man zu den Pinseln, streicht mit den Fingerkuppen über Haare und Borsten, um, ganz Profi, die Qualität zu prüfen. Man steht lange vor dem Marderhaar-Pinsel und schmachtet ihn an.
Dann pilgert man zu den Farben, manche sind als bunter Staub in Döschen zu kaufen, manche gebunden in kleinen Tiegeln. Die Pigmente muss man mit Bindemittel zu einer zähen Masse verspachteln, um sie hernach mit Wasser zu verdünnen. Ganz schön viel Profiwissen, was?
Ich kaufe mir schließlich Aquarellfarbe, weil wegen des Gummi Arabicums die Farben so leuchten. Wenn ich Blau und Gelb nehme, brauche ich durch das Mischen der Farben kein Grün und kann mir dafür mehr Rot leisten. Das Beste ist nämlich immer

das Mischen, selbst ins Schwarz soll man ein bisschen Farbe rühren. Vom Weiß benötige ich ziemlich viel, und man soll es nicht durch billige Wandfarbe ersetzen, das dann die Leinwände zuklebt.
Und hier sind sie schon, die Keilrahmen, einzeln und in allen Längen, und dort die Leinwände als schwere, dicke Textilballen, die einen beim Tragen fast erschlagen.
In der Mitte des Paradieses befindet sich ein riesiger Stapel Papier und Blöcke: das feste, glatte, gestrichene, das voluminierte, strukturierte, saugende Papier. Ich fasse alles an und reibe meinen Körper an all den schönen Dingen, bis ein Wächter des Paradiesgärtleins mich sanft ermahnt.
Dann kaufe ich noch farbige Tusche, ein paar Lackstifte, weiche Bleistifte des Härtegrades 8B und einen Neonmarker. Einen Block mit leeren Postkarten und die größten Zeichenblätter, die ich finden kann, 200 g/m², säurefrei, naturweiß. Dann noch diesen grauen Radiergummi, den man kneten kann. Und eben den Doerner.

Wieder daheim in meinem Zimmer, breite ich meinen Schatz vor mir aus. Ich stelle meine beiden Schreibtische so zusammen, dass sie in der Mitte des Raumes stehen und einen großen Arbeitstisch ergeben. Den Arbeitstisch beklebe ich mit Zeitungspapier als Unterlage. Ich stelle meinen Sessel so an den Tisch, dass das Licht von links hereinscheint, damit ich beim Arbeiten nicht den Schatten meiner Hand auf dem Zeichenblatt habe: Profiwissen. Ich mache Kaffee und befülle eine Flasche mit Leitungswasser. Ich schalte das Radio ein und wieder aus. Ich spitze alle Stifte und stelle alle Pinsel in ausgewaschene Joghurtbecher. Ich klappe den Malkasten auf. Ich öffne die Vorhänge und Fenster und lasse frische Luft herein. Ich atme fest durch und fasse mir ein Herz.

Und so sitze ich, ohne einen Strich zu tun, vor meinem leeren Blatt Papier, während das Stichwort vom Herzen mich direkt zu meinem Freund Jean trägt, denn Jean hat seins an Claire verschenkt.

Claire hat jetzt also zwei, und zwar direkt auf ihr T-Shirt gedruckt, umrankt von Dornenkränzen, Tauben und aufgeklebten Glitzersteinen.

Jean und Claire zeigen allen Leuten ihre Liebe. Sie fotografieren sich gegenseitig, in Kostümen und nackt, sie bemalen einander die Haut, sie zeichnen sich gegenseitig auf Papier, und sie schreiben ihre Namen auf die Hausfassaden der Stadt: Jean und Claire.

Verdorrte Pflanzen blühen wieder, es liegt ein Summen in der Luft, Menschen grüßen einander grundlos auf den Straßen, der Bäcker bäckt den beiden Éclairs: ein Hoch auf die Liebe!

All das geht mir auf die Nerven, und ich bin froh, als Claire, gekommen wie der Blitz, ebenso schnell aus Jeans Leben wieder verschwunden ist.

Das war die kurze Liaison mit Claire. Aber etwas bleibt, und das ist Claires Mutter. Ich frage nicht, ob Jean auch die Mutter sozusagen gezeichnet hat.
Claires Mutter besitzt eine Galerie in unserer Stadt, und Claires Vater ist ein hohes Tier. Als uns Jean davon berichtet, stelle ich mir einen Eber vor mit weißen Hauern, der einen Zylinder trägt und ein gestärktes Frackhemd.
Claires Eltern sind sehr gebildet, sagt Jean, und sie laden uns zum Essen in ihr Haus, sie nennen es: Villa am Hang.
Wer ist zum Essen eingeladen? Selbstverständlich Jean. Aber er darf jemanden mitbringen. Und er hat vielleicht nach jemandem gesucht, der ihm nicht die Show stiehlt.

Anders kann ich es mir nicht erklären, dass Jean mit dem Finger auf mich zeigt und sagt: Du.
Ich drehe meinen Kopf und sehe nach, ob jemand hinter mir steht. Ich?, frage ich.
Du, sagt Jean, und fischt aus meiner Brusttasche den Tabak und dreht sich eine Zigarette damit.

Ich glaube, alle sind in Jean verliebt.

Er kann machen, was er will. Er wirft mit Petits Fours auf die Salon-Einrichtung in der Villa am Hang und sagt, dass sein Vater ein Arschloch ist aus einem Kuhdorf, dessen Boden er, Jean, nicht mehr betreten wird.

Währenddessen streichelt Claires Mutter Jeans Bein unter dem Esstisch – das sehen wir alle, und wenn wir es nicht sehen würden, dann wüssten wir aus Filmen, dass es so abläuft. Sie sagt: Aber Jean, ich bin mir sicher, Ihr Vater hat eine schwere Kindheit gehabt und später hart arbeiten müssen. Johnny, meinen Sie nicht auch? Dann sagt sie noch, sie habe großen Respekt vor der händischen Arbeit.

Sie holt eine Mappe mit Druckgrafiken aus dem Schrank und zeigt uns darin eine Sammlung von Mähenden, Säenden und Melkenden. Sie lobt die grobe Fläche des Steins und die Zartheit des Grases. Die Farben, der Natur abgeschaut, das Unverstellte und Einfache. Dann fällt sie sich selbst ins Wort und sagt, man brauche aber unbedingt eine kritische Distanz im Leben.

Eine Distanz ist wichtig, sagt Claires Vater und sieht dabei Jean an. Dann fragt er mich: Und, Johnny, sind Sie auch auf dem Land aufgewachsen?

Ich sage, ich bin hier nur auf Zwischenstopp und auf dem Weg nach New York.

Sehr gut, sagt Claires Vater, die jungen Menschen sollen in die Welt hinaus.

Nach diesem Abendessen möchte ich nicht mehr zu Claires Eltern gehen, lieber in die Welt hinaus.

Claires Mutter gründet die Reihe Jeunes Artistes Contemporains, um Jean in ihrer Galerie zu fördern.
Sie druckt Einladungskarten und schickt sie ihren Bekannten, und weil Deleuze keine Zeit hat, deutet ein Privatgelehrter aus dem Freundeskreis von Claires Mutter Jeans Werk.
Es ist eine Gruppenausstellung mit mehreren jungen Künstlerinnen und Künstlern, aber Jean ist doch der Star des Abends.
Er hat kleine Häufchen aus gehärtetem Schaum mit Lack besprüht. Er hat aus Pappkarton riesige Nasen und Ohren geformt, die die Besucher anprobieren dürfen. Auch Claires Mutter trägt den ganzen Abend lang einen monströsen Zinken aus Papiermaché auf ihrer zarten operierten Nase.
Dann hat Jean noch Schwarz-Weiß-Kopien von Geldscheinen angefertigt, die er für den doppelten Wert des aufgedruckten Betrages feilbietet. Die Bekannten von Claires Mutter haben ein Gläschen Sekt getrunken und stellen sich jetzt bei Jean an, um seine Scheine zu ergattern. Jean grinst und küsst den Damen die Hände und klopft den Herren auf die Schulter und zeigt den Mittelfinger in die Kameras

und schiebt ein dickes Bündel Scheine am Ende des Abends in die Gesäßtasche seiner Jeans. Spende ich alles den Armen, sagt er und lacht.

Der Wirt vom Lokal am Kai ist auch arm, sagt Jean, bevor er auf eigene Kosten lautstark und gestenreich nach einer Lokalrunde ruft. Die Trinker, die taglang an der Bar hocken, danken es ihm und prosten uns zu mit Marillenschnaps.
Jean bestellt eine ganze Flasche Pastis, eisgekühlt, nur für uns zwei, und wir reden wie Freunde und darüber, dass wir im Sommer mit dem Zug durch Europa reisen werden, dass wir uns in den Großstädten Ausstellungen ansehen und Alkohol trinken werden, dass wir vor den nächsten politischen Wahlen hier nachts mit den Rollerskates durch die Stadt fahren und kluge Sprüche auf dumme Plakate sprayen wollen. Dass wir keine Drogen ausprobiert haben oder doch welche ausprobiert haben. Dass wir nicht wissen, was aus uns einmal werden wird, wenn wir erwachsen sind. Dass wir eigentlich schon erwachsen sind. Dass am nächsten Tag die Vorlesung bereits um zehn Uhr morgens beginnt. Dass Jeans Fahrrad keine Klingel hat. Dass ich gleich auf die Toilette muss. Dass es unter den Leuten unseres Jahrgangs ein paar nette gibt und ein paar blöde, ein paar intelligente und auch ein paar dumme. Dann zählt Jean diejenigen auf, die er für dumm hält oder für nett, und wir sehen, ob wir Übereinstimmungen

haben in unseren Bewertungen. Ach, Jean! Dann verabreden wir uns für den nächsten Abend für einen wertvollen Film in einem wertvollen Kino. Jean wird die wertvollen Karten besorgen.

Jean taucht am nächsten Tag nicht auf im Kino.
Ich weiß ja, ich habe mir das zu sehr gewünscht und eine Verabredung zu oft in Gedanken durchgespielt. Ich sitze also ohne Jean im Kino, es gibt kein Popcorn, und ich sehe mir an, wie in einem Schwarz-Weiß-Film einer schönen Frau mit dem Messer der Augapfel durchschnitten wird. Danach wird der Film ein zweites Mal gezeigt und der Kinobesitzer sitzt dabei vorne auf der Bühne und spricht ins Mikrofon.
Er weist uns darauf hin, dass zuerst eine Wolke einen Teil des Mondes bedeckt, so wie in der darauffolgenden Szene das Messer in der Hand eines Mannes den Augapfel der Frau bedeckt. Es ist, sagt er, einerseits ein Filmschnitt zwischen dem Bild des Mondes und dem Bild des Auges, und es ist andererseits eben ein Schnitt durchs Auge selbst. Form und Inhalt treffen sich hier, sagt der Kinobesitzer, und das in einer klassisch gewordenen Filmschnitttechnik: dem Match Cut.
Die anderen Leute im Kino nicken wissend und stellen Fragen, gespickt mit vielen englischen Wörtern. – Aber wartet doch! Für mich ist doch alles noch neu!

Ich nehme mir vor, mir alles zu merken, um es später aufzuschreiben und jetzt nicht damit aufzufallen.
Dalí wird noch erwähnt, gut, den kenne ich immerhin, aber seine Bilder, die ich in der Schule so geliebt habe, lehne ich jetzt ab.
Wieso gleich ablehnen? Du musst sie im Kontext ihrer Zeit betrachten. Und sieh dir diese Technik an, du Anfänger! Und dann blende einmal alle Plakate aus, die du davon schon gesehen hast in den Wohnzimmern eures Kuhdorfes. Und dann schau nochmal neu!
Herr Dalí? Ich dachte, Sie sind seit Jahren tot!
Ja, das denkst du, weil du so jung bist und meinst, die Alten liegen alle einbalsamiert in ihrer Krypta und rühren sich nicht.
Salvador Dalí höchstselbst sitzt neben mir im Kinosessel und zwirbelt sich sein Bärtchen hoch. Er sieht mich vorwurfsvoll an und schüttelt dabei den Kopf. Ts-ts-ts, höre ich ihn zischen. Dann fährt er fort: Schön und poetisch haben die Leute damals unseren Film gefunden, schön und poetisch, aber ich sage Dir, junger Johnny, da täuschen sie sich immer! Es ist, und ich wiederhole nur, was mein Freund Buñuel genauso gesagt hat, es ist nichts anderes als ein leidenschaftlicher Aufruf zum Mord. Peng!
Das ist ein großes Wort, Herr Dalí, entgegne ich.
Aber mit seinem Peng!-Ausruf und einem fiesen Kommentar zu den Quadratmalern ist er auch schon wieder verschwunden, der Herr Dalí.

Ich will ja schauen oder neu schauen, denke ich noch, aber ich muss euch Alten dafür auch aus meinen Gedanken radieren, ich muss mit einem frischen weißen Blatt beginnen können.

Match Cut auf ein weißes Blatt auf meinem Schreibtisch. Nein, so weiß ist es gar nicht mehr, der Staub hat sich mittlerweile schon darauf gesammelt: weil ich nicht anfange. Ich wische mit einem Lappen darüber, dunkle und helle Spuren ergeben sich und lassen sich nicht mehr entfernen.

Ich nehme den Staubsauger, da wird das Blatt halb eingesogen, ich zerre und reiße daran, bis mir einfällt, den Stecker zu ziehen. Da rutscht das Blatt aus der Staubsaugerdüse und segelt zu Boden. Hier liegt es, voller Knicke.

Eigentlich schon ein fertiges Bild, denke ich und bringe den Staubsauger zurück in Valéries Zimmer.

Johnny, Marie wartet schon darauf, sagt Valérie.

Macht sie auch Staubsauger-Kunst?, frage ich.

Klar, sagt Valérie, aber eher in Richtung Siebziger-Jahre-Noise.

Ach so, sage ich.

Ich spaziere durch die Galerien unserer Stadt, die sich im Frühling, wenn die Reisenden kommen, da-

mit rühmen, die amerikanischen Künstler auszustellen. Dann ist alles mit einem Schlag international and contemporary, selbst das Lokal am Kai montiert vorübergehend ein frisches Schild überm Eingang und heißt: On the Quay.
Leider wissen die meisten noch nicht, dass Leute wie Jean hier große Werke schaffen und Leute wie ich auch bald damit anfangen.
Ich habe Mut gefasst und öffne die gläsernen Eingangstüren zu den Galerien, stehle mich vorbei an den Empfangspulten und den Bücherregalen, die die Kataloge der dort vertretenen Künstler zeigen.
Ich frage mich, ob die Galeristen denken, dass ich aussehe wie einer, der Geld hat, oder wie einer, der keins hat. Ob ich ihnen daher wichtig erscheine oder gleichgültig bin.
Ob sie überhaupt denken, dass die zwanzigjährigen Besucher wichtig sind, nämlich um den Ruf des Galeristen als Entdecker und Prophet zu festigen.

Hey!, rufe ich. Wir sind es, die die Bilder von morgen schaffen! – Wenn wir es denn schaffen, damit anzufangen. Abgesehen davon, sehr geehrte Damen und Herren, bin ich vielleicht ein verlotterter, aber reicher Jungspund, der Kunst sammelt, wer weiß? Oder ein Berater und Einkäufer für Villenbesitzer. Zu Ihrem schwarz-weiß gestreiften Sofa würde ich Ihnen unbedingt diese Aquatinta empfehlen! Das wäre schon lustig, und ich könnte das gut. Mich in diese Leute hineindenken und hinein in ihre Salons und Bibliotheken. Ich würde sehr viel mit Understatement arbeiten, aber dennoch Brüche erzeugen. Ich würde sehr poppige Dinger in sehr klassische Räume hängen. Auch die eine oder andere Fotografie vom Flohmarkt. Ein paar altmodische Kupferstiche in sehr modern eingerichtete Küchen und Badezimmer.

Und während ich mich, so in Gedanken und mit dem Selbstbewusstsein des Interior Designers, durch die Räume der Galerie bewege, fällt mein Blick auf eine Serie von gar farbenfroher Malerei, und ich entdecke darin zwei mir doch allzu bekannte Gesichter. Oder soll ich sagen: zwei mir bekannte Körper?

Jennifer und Jessica! Was machen denn diese beiden hier? Sind die nicht in Hemd und Hosen bei Jean gelandet und haben mit ihm beispielsweise an einer nackten Männerfigur aus zweitausend Kilo Plastilin gebaut?! Nein?

Stattdessen hocken sie hier, bei diesem Plakatmaler, und reiten auf Zigarren und setzen sich in Martini-Gläser und springen aus Suppendosen? Mich haben sie verlassen, um nackt auf einem Stück Käse zu posieren? Um aus einer Erdnussriegelverpackung herausgeschält zu werden? Sich auf Donuts zu räkeln? Ihren Hintern in eine Schale Bananensplit zu drücken? Ich kann es nicht fassen!

Noch einmal Papier auf meinem Schreibtisch.
Ich fülle Wasser in die Joghurtbecher, tauche den ersten Pinsel ein, befeuchte ihn, kreise damit im Gelb des Malkastens, kreise, kreise, kreise, nehme wieder Wasser auf, verdünne damit die Farbe im Tiegel, tupfe leicht ins Rot, mische es ins Gelb, tupfe leicht ins Schwarz, mische es dazu, hab Farbe auf dem Pinsel, berühre damit das Papier – ja, jetzt, endlich, fange ich an.

Phew! What a relief.
Die ersten Bilder werden noch ungelenk, zu deutlich oder verkrampft, aber irgendwann habe ich vergessen, darüber nachzudenken. Ich höre meine Mitbewohnerin Marie im Nebenzimmer klimpern oder trommeln, und der Pinsel zuckt jetzt rhythmisch in meiner Hand und tanzt zwischen Papier und Malkasten umher, und ich brauche neue Blätter und frisches Wasser, brauche dünnere Pinsel und dickere, lasse die älteren Blätter trocknen, lege eine Schicht Tusche darüber an manchen Stellen, ich summe und suche meine Stifte und Marker, drücke sie aufs Blatt, kritzle, male schwarz darüber, dann Punkte, Punkte, Punkte, dann Flächen wie Wiesen, bepflanzt mit kurzen Strichen wie Gras und so weiter, bis es zu dunkel wird, um weiterzumachen.
Endlich spüre ich meine zwölf Arme wieder und meine hundert und zwanzig Finger daran!
Am nächsten Morgen bin ich früh wieder wach,

kann es nicht erwarten, die gestrige Arbeit zu betrachten, springe aus dem Hochbett und lande vor den Arbeitstischen – so praktisch ist mein Zimmer. Ja, da liegen sie: sehr viele Fische.

Dann sind es eben Fische. Ich werde weitermachen und niemandem etwas davon sagen. Ich, Tintenfisch.

Und weil wir bei den Fischen sind, fällt mir jetzt ein, wie euer Johnny einmal mit einer Kaulquappe, nein, mit einem Frosch begonnen hat in seinem Leben.
Er war noch ein Kind und besuchte einen Keramikkurs, an dem sonst ausschließlich Erwachsene teilnahmen. Es wurden verschiedene Abbildungen von Fröschen gezeigt, und einer nach dem anderen formte ein kugelrundes, fröhliches Ding aus Ton. Aber so etwas wie ein frühkindlicher Wirklichkeitsanspruch trieb den Johnny dazu, die Schenkel des Frosches fadendünn zu formen, nämlich ganz zarte Haxerln mit winzigen Zehen daran und beinah durchsichtigen Schwimmhäuten.
Er weigerte sich, sie zu verstärken, um sie stabiler zu machen. Der Töpfermeister aber hatte einen Sinn fürs Versprengte oder gerade ein Buch über den Dekonstruktivismus gelesen und ließ dem Johnny schließlich seinen Willen: Gut, lassen wir sie so, wie sie sind. Ich sag dir aber gleich, beim Brennen im

Ofen sind das und das und das dann Sollbruchstellen.
Da hab ich das erste Mal Sollbruchstellen erzeugt und nach dem Brennen tatsächlich die angekündigten Bruchstücke in der Hand gehabt, sie mit heim genommen und dort in einer Vitrine der Eltern aufbewahrt. Mein Vater hat noch versucht, der Sache Herr zu werden mit seinem Zweikomponentenkleber, aber er hat dabei so unglücklich die Fingerkuppen der eigenen linken Hand an den Frosch geklebt, dass er ein Stanleymesser benötigt hat, um sie wieder davon zu trennen.
Seither klebt ein Teil meines Vaters an den Froschteilen, und als ich ausgezogen bin, habe ich das alles im Haus meiner Eltern zurückgelassen.

Claires Mutter hat einen Off-Space in unserer Stadt geführt.
Das ist eine schöne Aufgabe, hat Claire gesagt, und in steuerlicher Hinsicht ungeheuer gut für Claires Vater, den Eber. Ein Off-Space, klärt Claire uns auf, ist keine Verkaufsgalerie, die mit Kunst handelt. Nein, Claires Mutter ist es vielmehr um Austausch und Gespräch gegangen, darum, eine Plattform für Möglichkeiten zu schaffen, und darum, sich auf Ungewöhnliches einzulassen. Sie hat außerdem ihre asymmetrischen Kleider aus Seidencrêpe tragen

können und Modeschmuck des Art Déco. Ihr Off-Space, so Claire, ist so etwas wie ein Rhizom oder ein Rhinocéros, jedenfalls habe sich ihre Mutter nie an den Einnahmen der Künstler beteiligt, die in den meisten Fällen ohnehin keine Einnahmen gehabt hätten.
Man hat ja mehr Ausgaben als Einnahmen, sagt meine Mitbewohnerin Marie, die davon ein Lied singen kann. Wieso? Man kauft das Material, steckt Kraft und Zeit in die Arbeit, reist an, baut die Ausstellung auf in drei Tagen, verteilt die Einladungskarten. So ist das, und man lernt dabei viel, und aller Anfang und so weiter: so lautet der Refrain des Liedes von Marie.
Nachdem Jean aber so gut verkauft hat bei den letzten Jeunes Artistes Contemporains, hat Claires Mutter beschlossen, aus ihrem Off-Space, logisch, eine Verkaufsgalerie zu machen.
Sie will von nun an die Hälfte der Einnahmen der Künstler haben, sagt Claire.
Sie will die Auswahl der ausgestellten Bilder bestimmen, sagt Marie.
Sie will Themen vorgeben für die Ausstellungen, sagt Valérie. Und sie will nur Ausstellungstitel mit Stabreim.
Sie will von den Künstlerinnen und Künstlern die Adresslisten ihrer Kontakte haben.
Sie verbietet, dass man außerhalb ihrer Galerie noch Arbeiten an andere Leute verkauft. Sie möchte auch

an Stipendien- oder Preisgeldern, die in Zukunft zu erwarten sind, beteiligt werden.
Sie möchte, dass die Künstlerinnen und Künstler jederzeit antanzen, vor ihren Bildern stehen und diese Bilder erklären, am besten mit einem Lied. Das Rhizom-Modell soll hierbei diskursiv angewandt werden, sagt Marie.
Sie möchte, dass man nirgendwo anders mehr ausstellt als in ihrer Galerie, sagt Valérie.
Claires Mutter bietet dafür nichts. Sie hat sich abgewöhnt, die Augen aufzumachen und etwas anzusehen. Sie hat ihre Meinung, sie ist launisch, sie trinkt morgens schon Sekt und pöbelt die Künstler an. Sie besucht die Künstler unangekündigt in ihren Privatwohnungen, sie nennt sie ihre Schäfchen und fläzt sich betrunken auf deren Sofas, von wo sie stundenlang nicht mehr wegzubringen ist. Sie ist gebieterisch geworden und selbstsüchtig. Sie umgibt sich mit Prominenz und fühlt sich selbst prominent. Sie fordert von den Künstlern kleine Skandale in ihrer Galerie und große Loyalität nach außen hin.
Sie selbst spricht vor jedem schlecht über den jeweils nächsten. Sie ordert regelmäßig Bilder zu bestimmten Themen und stellt diese dann nicht aus. Sie schreibt Stellen aus für Assistenzen und Hospitanzen und bezahlt die Leute dann schlecht oder gar nicht. Sie druckt keine Einladungskarten, oder nur billige, hässliche, voller Fehler. Sie produziert ohnehin keine Kataloge, sie bringt keine eigenen Kon-

takte ein. Sie stellt keine Rechnungsbelege aus, sie gibt nur noch ungefähre oder vage Angaben, sodass man nie weiß, woran man bei ihr ist. Sie hält einen hin, sie ruft zur Unzeit an. Dann wieder umarmt sie einen grundlos und duzt einen plötzlich. Sie schreit oder verlässt den Raum zum ungünstigsten Zeitpunkt, lässt alle hängen, fasst nie etwas an.
So, sage ich, das habe ich jetzt einmal loswerden müssen.

Ich brauche keine Arschlöcher mehr in meinem Leben, sagt Jean und verlässt die Galerie – und damit auch Claires Mutter.
Zähnezusammenbeißen & Zusammenbruch: so heißt die letzte Ausstellung in der Galerie von Claires Mutter, bevor sie zuletzt, ziemlich zermürbt, zusperren zuss, nein: muss.

Nach dem Zusperren steht Claires Mutter bei mir im Zimmer. Frau Eber, sage ich, wer hat Sie hereingelassen? Claires Mutter zieht kommentarlos ihre Schuhe aus, klettert auf mein Hochbett und rollt sich weinend ins Laken, das, verdammt, seit Monaten nicht gewaschen worden ist. Wenn es in meinem Leben einen Moment für frisch gewaschene Bettwäsche gegeben haben wird, dann diesen, denke ich, während das rosenbestickte Leinensakko von Claires Mutter Kontakt aufnimmt mit meinem befleckten Laken, während ihre feinma-

schigen Strümpfe sich aufreiben an meiner Matratze, während vom Rouge ihrer Wangen ein Schimmer auf meinem Kopfkissen haften bleibt – ach, ich müsste Dichter sein, um diesen Anblick in Worte zu fassen!
Aber ich bin nur ein junger Kunststudent mit den Händen in den Hosentaschen und weiß mir nicht zu helfen. Ich frage also Claires Mutter, was nun zu tun wäre, und die ist so liebenswert, mir in ihrem Schmerz noch Instruktionen zu geben: Johnny, zuerst gehst du zu Le Sac und kaufst eine Flasche Rotwein, nimm nicht den billigsten, ich geb dir Geld, dazu ein bisschen Schinken und Brot an der Theke. Lass dir den leichten geben, nicht den spanischen. Dann gehst du zur Trafik, also zum Kiosk, und besorgst mir die neueste Ausgabe der französischen Vogue, nicht die deutsche, hörst du? Davor rufst du Jean an und sagst ihm, er muss sofort kommen. Sofort. Sag ihm, ich tu mir sonst noch etwas an. Zu Claire und meinem Mann kein Wort, ist das klar, Johnny? C'est clair?!
Yes, Ma'am.

Ich mache mich auf den Weg und habe Angst, dass Claires Mutter sich wirklich etwas antun könnte. Ich laufe wie ein Irrer, kaufe Schinken und Wein, frage mich, ob der Wein, den ich genommen habe, noch zu billig gewesen ist, laufe zur Trafik, frage nach der neuesten Vogue, werde von der Trafikantin

als verwöhnter Fratz beschimpft, entgegne nichts, weil ja die Trafikantin Claires Vater kennen könnte und ich dadurch den Aufenthaltsort seiner Frau verraten und sie sich erst recht etwas antun: dann wäre ja ich schuld, Claire zur Halbwaise gemacht zu haben!
Ich laufe nach Hause mit klopfendem Herzen – und frage mich gleichzeitig, ob Claires Mutter etwa vorhaben könnte, mit mir zu schlafen, mein Herz klopft noch stärker, ich könnte Claires Stiefvater werden, Hilfe!: ich muss Kondome besorgen, ich laufe noch einmal zurück zur Trafikantin, kaufe rote Kondome mit Erdbeergeschmack, andere gibt es nicht, die Trafikantin zischt: Perverser!, ich zahle und laufe heim in unsere Wohnung.

Claires Mutter sitzt mit Marie und Valérie in der Küche, sie trinken Tee und essen Nudeln, fast fröhlich. Die Mädchen scheuchen mich hinaus. Du isst ja keine Nudeln, sagt Valérie.
Ich setze mich auf meine Matratze und höre John Lennon. Ich bin nicht jealous, sondern jeanlos, ohne Jean. Er soll kommen und mich von diesen Frauen befreien. Ich will meine Ruhe haben und meine Fische malen.

Jean ist nicht erreichbar. Ich öffne die Flasche nicht sehr billigen Rotweins und trinke. Ich drehe mir eine Zigarette und warte. Der Rauch steigt auf, er schlängelt sich Richtung Küche als Bandornament. Ach, Johnny, wird Marie gleich rufen: du hast Tabak? Okay, ich dreh euch allen eine, sage ich, und setze mich neben den Esstisch auf eine Kiste, auf der noch Platz ist. Claires Mutter lacht und fragt, ob das eh kein Joint sei. Es ist kein Joint, aber ich sage, doch, es ist ein Joint. Claires Mutter will daran ziehen und glaubt danach, unter dem Einfluss von Drogen zu stehen.

Ich stehe unter dem Einfluss von Drogen, ruft sie und breitet die Arme aus zu Flügeln. Sie umarmt mich, hebt dann ihren Rock und zeigt uns ihre Strümpfe, die bloß bis übers Knie reichen und deren gemustertes Ende an Halterungen befestigt ist. Diese Frauen!

Wir trinken den Rest vom Rotwein, danach den Tetrapackwein vom letzten Fest. Claires Mutter tanzt ein bisschen.

Weil sie unter dem Einfluss von Drogen steht, wird sie heute Nacht hierbleiben und in meinem Bett schlafen. Marie und Valérie schubsen mich und zwinkern mir zu. Ich sage, ich muss noch Zähne putzen, mich rasieren, mir die Haare kürzen in den Nasenlöchern und zwischen den Beinen. Vorsicht, Vorsicht!, rufen Marie und Valérie.

Nein, Achtung, ich bin ein junger Mann! Niemals sagt ein Mann zu seinem Penis oder seinen Hoden: zwischen den Beinen. Denn das ist ein Ausdruck, den nur Mädchen verwenden. Ich denke, ich lasse

die Haare dort auch einfach stehen, denn wir befinden uns in den späten neunziger Jahren, und man verhält sich diesbezüglich unverkrampft.
Ich muss mir noch die Zehennägel knipsen, ich sollte mir endlich ein männliches Aftershave besorgen, Irisch Moos!, ich muss mir Parfum von meinen Mitbewohnerinnen klauen, Marie, Valérie?
Du duftest nach Blumen, Johnny, wasch dich.
Ich wasche mich wieder, creme mich ein mit Sonnenöl, schaue nackt in den Spiegel, finde, dass mein Schwanz klein oder groß aussieht, je nachdem.
Als ich in mein Zimmer komme, ist die Sonne untergegangen und Claires Mutter schläft schon. Was, wenn ich sie falsch verstanden habe? Wenn sie gleich aufwacht und mich so sieht? Wenn sie denkt, dass ich dachte, dass sie und so weiter?!
Ich lege mich zum Schlafen mit einer Decke in die Badewanne. Ich bin erleichtert, dass Claires Mutter wenigstens nicht nach dem Restgeld vom Einkauf gefragt hat.

Johnny, Sie malen?
Immerhin siezt mich Claires Mutter wieder, als ich am Morgen aus der Badewanne gekrochen komme. Immerhin hab ich meine Unschuld nicht an eine abgehalfterte Galeristin verloren.
Was sagen Sie, Johnny?
Vielleicht habe ich tatsächlich laut gedacht, denn Claires Mutter weint jetzt so sehr, dass meine frisch-

gemalten Fische ihre Flossen bewegen und sich ins Rinnsal begeben wollen auf die Reise zum großen Salzsee.
Ja, ich male, sage ich, ich bin doch Kunststudent, wie Jean.
Jean ist nur nebenbei in der Malereiklasse, sagt Claires Mutter. Oder ist er der Assistent der Professorin? Jean ist jedenfalls Künstler.
Und ich?, frage ich.
Johnny, Sie malen Fische. Wir werden sehen, was daraus wird, wenn Ihnen nicht alle davonschwimmen.

Ich will, dass Claires Mutter aufhört zu weinen. Ich kann in meiner Studentenwohnung keinen Wasserschaden gebrauchen. Ich gebe ihr die Ausgabe der französischen Vogue. Ich sage ihr, dass sie aussieht wie Jeanne Moreau. Ich sage nicht, wie Jeanne Moreau im Alter, ich sage nur: wie Jeanne Moreau, und blättere die Vogue vor bis zur Stelle, wo wasserfeste Wimperntusche angepriesen wird. Jetzt lächelt Claires Mutter ein bisschen. Sie packt ihre Sachen, und ich gebe ihr zum Trost noch das Restgeld vom gestrigen Einkauf.
Ach so, sagt sie, und steckt es ein. Tschüß, Johnny.
Tschüß, Frau Eber.

Was hat sie eigentlich?, sagt Jean zu mir. Ich hab einfach mit Victorine ein Frühstück im Grünen gemacht.

Ein Frühstück im Grünen? Wie bei Manet?, frage ich.
Keine Ahnung, sagt Jean.
Sieh dir Manets Bild an, sage ich. War diese Victorine denn nackt?
Na klar, sagt Jean, aber den zweiten Herren hab ich heimgeschickt.
Und die Figur im Hintergrund?
Ja, das ist Claires Mutter, die plötzlich aufgetaucht ist. Die hat dort einfach nicht hineingepasst, hat ausgesehen wie später erst ins Bild geklebt. Mir reichen die Kirschen und Pfirsiche, sagt Jean, die Semmel: das ist Inventar genug für die Malerei.
Jean, das hast du zu Claires Mutter gesagt?
Klar.
Und Victorine?
Victorine hab ich dann zu mir mitgenommen. Sie hat mir noch die Olympia gemacht.
Wie?
Naja, eine Blüte ins Haar und eine zarte schwarze Schleife um den Hals, einen Seidenpantoffel am linken Fuß, ein Schmuckband ans rechte Handgelenk. Sieh dir Manets Bild an.
Und sonst nichts?
Na, was heißt nichts? Eine schwarze Kammerzofe und eine noch viel schwärzere Katze mit erhobenem Schwanz ans Bettende, ist das nichts?
Doch, doch, das ist schon was. Auch wegen des Schwarz-Weiß-Kontrasts.

Genau, Johnny, du kapierst schnell.
Ach, Jean, tu doch nicht so!
Nenn mich nicht Jean, ich bin jetzt der Assistent der Professorin, und du bist mein Student.
Jean, das finde ich blöd.
Johnny, du kannst was lernen von mir. Schau, was hält die Kammerzofe in der Hand?
Einen Blumenstrauß, Jean.
Genau, Johnny. Und was bedeutet dieser Blumenstrauß in der Malerei?
Verdammt, Jean, hör bitte auf.

Ich stelle mir vor, dass ich diese Blumenmetaphorik nie mehr aus dem Kopf bekomme. Postkarten zum Osterfest, Valentinssträuße, Tapeten, Teppiche, bestickte Sakkos: alles Pornografie?!
Danke, Jean.
Bitte, Johnny. So sind wir Franzosen.
Und Claires Mutter?
Die hat auch etwas beigetragen zum Gemälde, sagt Jean. Guck, was meine Olympia um den Hals trägt an ihrem schwarzen Bändchen!
Ja, da bin ich jetzt natürlich neugierig.

Ausziehen, das sagen manche Menschen so leicht. Aber gewartet hat hier in der Stadt auch keiner auf einen.

Das erste eigene Zimmer! Es ist sehr klein, aber ein Bett und zwei Tische passen doch hinein. Auf dem Fensterbrett kann man sitzen und eine Zigarette rauchen, das wäre früher, im Bubenzimmer, nie möglich gewesen. Und aufbleiben, so lange man möchte. So lange ich möchte. Ja, das ist vielleicht für die anderen nicht neu, für mich schon. Nächtelang wach bleiben. Und nie abwaschen. Nie, nie, nie. Das Geschirr kann Moos und Pilze ansetzen, und beim nächsten Fest freuen sich alle, dass es Gemüse gibt.
Vor dem allerersten Kochen bin ich ja im Supermarkt gestanden und hab richtig lachen müssen: darüber, dass man ja auch so etwas Alltägliches wie Salz erst einmal eingekauft haben muss! Der erste Haushalt, die erste Nacht, das erste Salz. Und dann viel Schokolade, Bier und Nudeln. Nudeln, natürlich! Eine einfache Mahlzeit ist auch Reis mit Mais. Oder, wie ich es übersetze: Rice with Mice. Und wenn es gar nichts mehr im Kühlschrank gibt, dann gibt es immer noch die Luft, die Liebe und auf der Wiese das Gras. Man sollte von allem aber nicht zu viel inhalieren, sagt die Vernunft.

Künstler werden, das sagen manche Menschen so leicht. Aber ab dem Tag der bestandenen Aufnahmeprüfung hört man die Stimmen der Tanten, der Mörder und der Zweifler: Es ist nicht einfach. Man kann nicht davon leben. Du bist vielleicht nicht gut

genug. Du kannst es doch nebenbei machen. Du bist nicht Picasso. Auf dich werden sie nicht gewartet haben. Es ist verdammt schwer. Du wirst zum Alkoholiker. Du wirst unter der Brücke schlafen. Es wird dich unglücklich machen. Und übrigens: die Flosse hätte ich anders gemalt.
Was?!
Die Flosse! Und ich hätte das Bild tiefer gehängt. Viel Platz gibt es nicht.

Diese Leute lügen, sagt Jean darauf.

Ich stehe in meinem Zimmer und hänge eine Serie meiner Bilder auf ein Meter fünfzig. Das ist zirka Augenhöhe.
Die Menschen, die in Häusern wohnen, hängen ihre Bilder ja meistens zu hoch. Nicht die in den Galerien, sondern die in den Wohnzimmern.
Meinst du damit etwa wieder meine Bilder?, fragt Herr Dalí und droht bei fortgesetzter Kritik an seinem Werk mit dem Schmelzen meiner Wanduhr. Es ist bemerkenswert, dass Salvador Dalí nicht nur in beinah jedem Wohnzimmer hängt, sondern dass er zur Strafe auch jene heimsucht, die den Erwerb seiner Kunstdrucke bislang verweigert haben.
Nur zu, sage ich zu Herrn Dalí, nehmen Sie meine Uhr, die Zeit rennt mir sowieso davon. Es ist bald

ein Jahr vergangen, und ich stecke noch so sehr im Anfang fest.

Monsieur Jean hingegen ist der Assistent der Professorin und hat eine neue Galerie, die ihn vertritt.
Jean wird nach Paris geschickt, um in der Cité des Beaux Arts ein Atelier zu bewohnen. Jean knüpft dort Kontakte. Jean druckt Visitenkarten und hat einen Adressstempel mit seinem Namen. Jean gibt eine erste Broschur heraus, vierfarbig, über sein Œuvre, geschaffen in Paris. Bloß ein Monat in Paris und schon wieder ein Œuvre!

Es ist ein Video, das er nach seiner Rückkehr in seiner neuen Galerie zeigt, daraus ausgewählt einzelne Stills, rahmenlos gepresst zwischen Acrylglasscheiben und mit Metallstiften an der Wand befestigt.
Ich lehne mich daran und linse über den Rand der Bilder hinweg auf deren verdeckte Rückseite, um herauszufinden, wie alles gemacht ist. Eine Mitarbeiterin der Galerie beobachtet mich. Nicht zu nah ran, ruft sie.
Ich weiß, sage ich, ich schau nur, wie die Bilder gehängt sind. Ich bin nämlich Kunststudent, wie Jean, sage ich noch.
Ach so, sagt die Mitarbeiterin, ich dachte, du willst was stehlen.
Nein. Ich bin Johnny. Johnny-der-nichts-stehlen-will.

Johnny, sagt die junge Frau, wir ermöglichen Kunststudenten ein Praktikum in unserer Galerie.
Ach so, sage ich. Ich hätte in diesem Moment lieber etwas gestohlen, denke ich dabei, als ein Praktikum ermöglicht zu bekommen.
Ja, es ist eine Ehre, ausgesucht zu werden, sagt die Galeriemitarbeiterin, und gut für den Lebenslauf. Unbezahlt. Man muss schon mit dem Herzen dabei sein. Bewirb dich doch! Die Galeriemitarbeiterin sieht mich aufmunternd an.
Ja, gerne, sage ich. – Scheiße.

Bis zum Sommer arbeite ich neben dem Studium in der Galerie. Ich sperre am späten Vormittag auf und am frühen Abend zu. Ich sitze am Eingang hinter einem riesigen weißen Pult und starre in einen schwarzen Laptop. Ich layoute dort die Einladungskarten der Galerie. Ich schicke E-Mails an Interessierte. Ich gebe Auskunft über die ausgestellten Arbeiten der Künstler, unter ihnen auch Jean. Ich schmiere Brötchen, wenn es Empfänge gibt. Ich trage einen geliehenen Anzug und schenke Wein und Wasser aus. Ich fotografiere das Vernissagenpublikum. Ich dokumentiere die Arbeiten der Künstler. Ich drücke den Leuten beim Hinausgehen noch einen Flyer in die Hand mit den kommenden Terminen.
Ich werde geduzt, ich werde übersehen, ich werde herbeizitiert. Ich werde vorgestellt als Putzkraft, als Kellner, als Schuhputzer.

Manchmal sage ich, ich bin auch Maler. Dann klopft mir jemand so kräftig auf die Schulter, dass ich heulen könnte, und sagt: Weiter so, junger Mann.
Am letzten Tag meines Praktikums soll ich mir als Anerkennung für meine Leistung beim Galeristen ein Stück Schokolade abholen. Beste Schweizer Schokolade, sagt der Galerist am Telefon aus dem Nebenzimmer.

Ich hole nichts mehr ab. Aber ich weiß jetzt, wie Jean seine Bilder befestigt. Und ich weiß, wie man Stop-Motion-Filme dreht. Ein Bild nach dem anderen, Schritt für Schritt. Step by Step. Es braucht Zeit.

Und während man seine Schritte tut, wachsen die Zehennägel, denke ich mir, nachdem meine Mitbewohnerinnen Valérie und Marie sich beschwert haben, dass ich das Badezimmer nicht putze.
Von Adrian Piper, lese ich, gibt es eine Installation im Museum of Modern Art, die aus Einweckgläsern besteht, gefüllt mit abgeschnittenen oder beim Kämmen verlorenen Haaren, geknipsten Nägeln und abgeschälter Hornhaut der Künstlerin, die sie seit Jahrzehnten sammelt und aufbewahrt. Soll ich das Valérie und Marie erzählen? Das letzte Glas soll nach Adrian Pipers Tod ihre Asche sein.
Hey, ich hoffe, da weiß dann einer aus dem Krematorium Bescheid, denke ich, während ich den

vielzitierten Aufsatz über Konzeptkunst von Professor Mary Schoenblum studiere.
Es gibt auch Künstler, so Mary Schoenblum weiter, die nach dem Tod eines Elternteils den gesamten Hausrat sortieren und ausstellen. Neu arrangiert. Oder eins zu eins, exakt wie vorgefunden. Die das Haus ihrer Eltern nachbauen ins Museum hinein. Oder es quetschen. Man kann durchlaufen und ist fett gegen das schmale Haus der Eltern.

Hm. – Was bleibt von einem Leben, in dem nichts weggeworfen werden darf?
Ich denke an die Häuser meiner Tanten, an die Plastiksäcke und Gefrierbeutel, die sie auswaschen, um sie wiederzuverwenden.
Ich denke an den ungarischen Bildhauer, den wir während der Arbeitswoche unserer Malereiklasse im Niemandsland getroffen haben, der jedes einzelne Gummiringerl wie einen Schatz hütet, weil ihm die Zeiten des Mangels noch in den Knochen stecken.
Ich denke an die Erzählungen der Eltern, dass ihnen als Kinder im oder nach dem Krieg ein einzelnes Ding so wertvoll gewesen sei, ein einzelnes Stück Schokolade, ja. Vielleicht habe ich all diese Erzählungen auch falsch verstanden. Vielleicht habe ich mir meine eigenen Bilder dazu ausgemalt? Oder die Eltern haben ihre Erinnerungen stark ausgeschmückt? Wie sie die bunt schillernden Papiere glattgestreift

und aufbewahrt haben, um sie später auf ein Blatt zu kleben.

Denn ich ersticke fast, wenn ich daran denke: an die Preziosen und an den Müll. Wie soll ich durch die neue Welt gehen mit dieser aus der Zeit gefallenen Aufmerksamkeit für ein einzelnes glattgestreiftes Schokoladenpapier?

Ich rufe jetzt meinen Vater an. Besser, solange er noch am Leben ist.
Hallo Kind, sagt er am Telefon. Kommst du voran?
Ja, ich komm voran, Papa, sage ich und lege auf. – Ich bin jetzt auf mich selbst angewiesen, aber es ist schön, dass ich manchmal noch seine Stimme hören kann.

Mir fällt ein, wie wir damals als Kinder, meine Schwester und ich, aus dem, was keiner mehr gebraucht hat, etwas gebastelt haben. Wir sind gar nicht müde geworden.
Der Schlaf der Vernunft gebiert Ungeheuer, sagt Mary Schoenblum, und ich glaube, sie meint damit unsere Bastelarbeiten.
Und wie schön, dass auch Sie mein Leben kommentieren, Professor Schoenblum, sage ich. Ich hoffe, Sie haben genug Platz neben Salvador.
Ach, sobald der mich gesehen hat, sagt Mary, hat er sich aus dem Staub gemacht.

Staub zu Staub, sage ich – da fällt mir ein, dass ich wieder mal mein Zimmer saugen müsste.
Und das noch: Ich habe meiner kleinen Schwester einmal einreden wollen, dass die türkischen Familien bei uns am Land die abgeschnittenen Nägel von Fingern und Zehen aufbewahren. Wenn auch meine Schwester ihre Nägel, Millimeter für Millimeter, sammeln würde, würde sie von den Türken dafür Geld bekommen. Meine Schwester hat das zuerst nicht glauben wollen, aber ich bin so beharrlich geblieben, dass sie nachgegeben hat und für ein paar Wochen ihre Nägel in ein kleines Glas gefüllt hat. Museum of Modern Art, wir kommen!

Nicht nach Amerika, aber in den Zug durch Europa setze ich mich jetzt, in den Sommerferien.
Ich habe ein paar Bücher dabei, ein bisschen Geld, einen Fotoapparat. Nur eine Hose, militaryfarben, und keinen Jean. Ich muss es so sagen: Noch ist meiner Freundschaft zu Jean kaum ein Erproben an der Wirklichkeit vergönnt. Und jetzt, wo er nicht mehr mein Kollege ist, sondern irgendwie wohl mein Lehrer, habe ich erst recht keinen Mut, ihn zu fragen, ob er den Pastis und die französischen Frauen nicht doch vor allem in meinen Träumen liebt.

Ich steige in den Nachtzug nach Berlin.

Berlin ist nun seit wenigen Jahren keine geteilte Stadt mehr. Ich versuche die Politik zu verstehen und die Menschen, esse außerdem zum ersten Mal Falafel und rauche ziemlich viel. Ich hänge mit überdrehten Leuten am Spreeufer ab und übernachte bei einem, der am frühen Morgen zu Wagner summt. Die Partitur in Händen!

Ich packe meine Sachen und fahre weiter bis Hamburg, wo ich Freunde des Wagnerianers treffe. Ich glaube, sie sind Kinder reicher Eltern, und sie rauchen auch ziemlich viel.
Ich stapfe durch St. Pauli und spreche eine der Frauen an. Sie trägt sehr knappe Hotpants aus glänzendem Latex, Strümpfe, unendlich hohe Schuhe mit Plateausohlen und sieht aus wie eine Königin des Techno. Sie gibt mir als Antwort bloß eine Zigarette, macht auf dem Absatz kehrt und lässt mich einfach stehen. Ist das schon jemals jemandem passiert?!
Ich setze mich ans Elbufer und trinke Bier. Am nächsten Tag sehe ich mir die Ausstellung eines japanischen Fotografen in den Deichtorhallen an. Es sind Bilder von gefesselten Frauen, nackt oder im Kimono, seltsam geschminkt und mit Blumen geschmückt.

Dann fahre ich weiter bis Kopenhagen.
Ich richte der kleinen Meerjungfrau Grüße von Jean

aus und beobachte abends in Christiania die Leute dort. Auch sie rauchen viel.

Später fahre ich weiter nach Louisiana, mit dem Zug eine kurze Strecke hinauf in den Norden Dänemarks. Dort gibt es ein großes Museum eines Privatsammlers, das schönste, das ich je gesehen habe. Ich spaziere durch den Garten und lege mich neben Henry Moores Riesenfiguren ins Gras, von wo aus man das Wasser des Öresund sehen kann.
Dann bewege ich mich weiter durch die vielen Räume von Louisiana, in einem ist es dunkel, und ich setze mich darin auf den Boden.
Es wird ein Video gezeigt, groß projiziert in die Ecke des ansonsten leeren Raumes. Auf der linken Wand läuft das Original des Videos, auf der Wand rechts, übergangslos daran anschließend, laufen dieselben Bilder in Spiegelsymmetrie. Die beiden Seiten wirken wie ein Rohrschachtest, der sich im Loop verändert, wie ein Schmetterling aus Farben und Licht.
Wie ein Blick, schillernd, durchs Kaleidoskop: und er zeigt Wasser, blaugrün, in das Dinge geworfen werden. Unterwassergerümpel. Eine Tasse. Spielzeug. Wogendes Seegras und was weiß ich was noch an leuchtenden Großartigkeiten.
Dazu singt eine Frau ein Lied. Singt und schreit eine Version von Chris Isaaks Wicked Game, aber mehr so, als würde Helena Christensen ihrem Chris am Schluss eine reinhauen wollen.

Ich höre und sehe so etwas zum ersten Mal. Es ist wunderschön und laut, lullt mich halb ein, zieht mich halb ins Wasser hinein. Es ist Pop, und es ist Kunst. Ich will es wieder und wieder hören und sehen, und der Garten von draußen ist mit mir hereingekommen in diesen neuen Raum. Der Öresund, der Sommer, das Unterwegssein: alles ist in diese Bilder gelegt.

Ich bin allein und will nicht gehen.
Ich bin allein und taste den Boden ab neben mir.
Eine Hand.
Eine Hand!
Es ist nicht meine Hand, aber ich erschrecke nicht.
Es ist jemand, der neben mir sitzt. Doch nicht etwa Jean? Nein, das ist ein verrückter Gedanke.
Während die VHS-Bilder vorne weiterflimmern, sehe ich kaum das Profil desjenigen, der neben mir sitzt. Wir sprechen nichts, aber wir haben jetzt die Hände aufeinander liegen. Ich rühre mich nicht, um diesen Moment noch zu halten. Wenn ich ausatme, ist er vorbei. Jetzt halten wir uns ganz fest.

Meine rechte Hand unter seiner – nein!: ihrer linken Hand. Es ist ein Mädchen, es ist eine Frau, ich sehe sie kaum, aber ich spüre ihre heiße Hand, unbeweglich auf meiner. Ja, hab ich das schon gesagt? Unbeweglich auf meiner.
Niemand kommt, wir bleiben sitzen im Dunkel des Raumes.

Manchmal geht doch jemand durch, sieht uns aber nicht. Wir sitzen da und starren beide geradeaus. An der Stelle, an der die Stimme der singenden Frau ins Kreischen kippt, muss ich jedes Mal leise in mich hineinkichern. Mir ist schwindlig, und ich spüre das Pumpen meines Blutes durch meine Hand bis in die Fingerspitzen hinein. Ich werde weiter gehalten, oder meine Hand wird niedergedrückt auf den Boden.

Ja, ich werde hier von einer unbekannten Hand festgehalten – und eine zweite fremde, bald vertraute Hand öffnet den Reißverschluss meiner Hose. Ich erschrecke, aber ich rühre mich nicht. Ich kann fast nicht atmen, ich schnaufe ganz leise, um niemanden auf uns aufmerksam zu machen. Auf uns!

Auf uns.

Ich kann sagen: auf uns. Es gibt ein Uns. Wir zwei sitzen am Boden, ich werde gehalten, und eine zweite Hand greift in meine Unterhose, fährt flach hinunter bis zu meinen Haaren, zieht daran kurz und dreht die Finger hinein, lässt dann davon ab und umfasst mit einem festen Griff meinen Schwanz. Ich atme kurz und fest und sehr laut aus und bleibe weiter trotzdem sitzen wie erstarrt.

Mir ist so heiß, und ich kippe vielleicht um, aber da ist ja die Wand, an die gelehnt ich sitzen kann, ich kann also nicht fallen, ein Glück. Ganz fest hält die Hand meinen Schwanz und fährt daran auf und ab. Es ist so schön, und ich nehme meine linke Hand und umfasse ihre rechte Hand, damit sie sich Zeit lässt, denn ich habe so lange auf diesen Augenblick gewartet, und ich bin wie berauscht und betäubt und gleichzeitig empfindlich und nass, und ich könnte weinen und lachen zugleich, Louisiana!

Das Museum ist nach den drei Frauen des ehemaligen Gebäudebesitzers benannt, die alle drei Louise hießen.
Und meine heißt auch Louise. Und sie hat sich auf mich gesetzt in diesem Raum von Pipilotti Rist, und sie hat mit mir geschlafen, das erste Mal in meinem Leben, dass sich eine Frau auf mich gesetzt und mit mir geschlafen hat, mitten im Ozean. Mehr kann ich dazu nicht sagen, weil ich nur Sterne gesehen habe und die Nacht, und manchmal eine Tasse, die durchs Wasser geflogen ist.
Und den Museumswärter, der uns, ziemlich brutal, aus dem Paradies geworfen hat. Aber nicht zu früh. Vielleicht hat er mich schon vorher so allein herumstreunen sehen und mit mir Erbarmen gehabt. Oder er hat am Überwachungsmonitor, vage Konturen, seine Freude gehabt, vorerst. Und ist dabei vom Museumsdirektor entdeckt worden. Oder besser: von der Museumsdirektorin. Und die beiden haben daraufhin Spiele gespielt, nämlich wicked: böse oder gierig.

So sind Louise und ich ins kleine Örtchen Humlebæk ausgespuckt worden, ich mit einem Arschtritt auf der Hose und einem Grinsen im Gesicht. Ich hab Louises Hände sauber geküsst, wir haben uns am Bahnhof einen Hot Dog geteilt und Telefonnummern ausgetauscht. Dann bin ich weiter nach Amsterdam, und sie ist mit ihrem Interrailticket woanders hin.

Wie singt Chris?: Europa ist in Flammen gestanden und retten hat mich keine können als sie, Louise. Schräg, was die Sehnsucht macht, ich närrisches Kind. Ich hab mir nie träumen lassen, dass ich jemanden treffen könnte wie sie. Ich hab mir nie träumen lassen, dass ich jemanden verlieren könnte wie dich, Louise, am Bahnsteig, abends, um acht.

Ach ja. Was noch? In Amsterdam trinke ich erst mal einen ganzen Liter Milch an einer Tankstelle und schlendere dann die Grachten entlang.
Am Leidseplein sehe ich Frauen, die hinter Glasscheiben sitzen und auf ihre Kundschaft warten. Für mich ist alles so neu, ich gehe durch die Straßen und sehe mir alles an, vorsichtig, neugierig.
In einer Kirche wird eine Techno-Party gefeiert. Bunte Lichter überall. Jemand schenkt mir Lakritze, die ich wegwerfe.

In Paris bin ich zu müde für alles. Ich esse auf Montmartre einen Berg Baguette und Chêvre und schlafe vor Erschöpfung ein.

In Bilbao schlendere ich durchs Guggenheim. In San Sebastian leiht mir jemand sein Surfbrett. Die Wellen schlagen mir mitten ins Gesicht.
Bald ist ein Monat vergangen. Ich habe kaum Geld ausgegeben, manchmal im Park geschlafen oder bei Leuten, die ich auf der Straße kennengelernt habe. Ich habe viele Fotos geschossen. Ich habe mir eine alte hellblaue Trainingsjacke gekauft mit dunkelblauen und roten Streifen an den Ärmeln. In deren Tasche steckt jetzt Louises Telefonnummer. Ich bin einen Monat unterwegs gewesen. – Und doch liegt vor mir noch ein längerer Weg. So steht's jedenfalls geschrieben im Tramper's Guide vom alten Jack.

Das neue Semester beginnt, und alle sehen anders aus, haben Sand in den Schuhen und Ideen im Kopf.
Jean ist auch mit dem Zug unterwegs gewesen durch Europa. Er zeigt uns seine Bilder, und auf einem ist Louise zu sehen. Meine Louise.
Meine Louise? – Jean?, sag ich.
Ja, sagt er.
Jean, ich bin Johnny. Du erinnerst dich vielleicht, wir haben uns im letzten Jahr eine Flasche Pastis geteilt. Und das hier auf dem Foto –.
Ja?
Das ist meine Louise. Louise aus Louisiana.

Hallo Johnny, sagt Jean, ich erinnere mich an den Pastis. Und das auf dem Foto, das ist meine Eloïse aus dem Elysée. Oder aus einem anderen See, ich kann nicht so gut Französisch.
Eloïse aus dem Elysée: das ist ein blöder Witz von Jean, aber ich sage darauf nur: Ach, ich dachte, du sprichst fließend.
Und während ich das sage, landet jetzt irgendwie die berühmte Träne vom Halsbändchen der Olympia ausgerechnet auf meiner Backe.
Das ist doch meine Louise, schluchze ich, die ich im Norden getroffen und wieder verloren hab! Europa ist in Flammen gestanden und retten hat mich keine können als sie, Louise.
Jean sieht mich an, und wir schauen jetzt beide – und hier passt das Wort einmal wirklich –: betroppezt. Ziemlich betroppezt.
Ich schnäuze mich und sage dann zu Jean: Für mich war betroppezt immer das deutscheste Wort der Welt, dabei ist es aus der österreichischen Umgangssprache.
Ach so?
Ja, es kommt ursprünglich aus dem Jiddischen, von trop wie Tropfen.
Louise oder Eloïse hat uns also im Regen stehen lassen: zwei begossene Pudel.

Wenn nichts mehr hilft, hilft Cranach, auch in den schwierigen Situationen des Lebens. Wenn aber

Cranach gerade nicht zur Hand ist, dann hilft auch das Nachschlagen in einem sogenannten etymologischen Lexikon: Das Wort Pudel beispielsweise bedeutet im Niederdeutschen eigentlich Pfütze. Und Sich-Aufpudeln ist demnach so etwas wie Sich-im-Wasser-Hin-und-Herbewegen.
Jedenfalls hat Jean sich jetzt ordentlich aufgepudelt und wie zum Beweis einen Zettel mit Eloïses Telefonnummer in die Höhe gehalten. Dann hab ich aber exakt dieselbe Nummer von Louise gezeigt, die ich zuvor auf einem ganz ähnlichen Zettel aus meiner neuen hellblauen Trainingsjacke mit dunkelblauen und roten Streifen an den Ärmeln hervorgezogen habe, und dann haben wir uns geprügelt wie die Hunde. – Sagt man das so?: Sich prügeln wie die Hunde?! Bei uns zwei Pudeln war es jedenfalls so.

Ich wollte es diesem Jean einmal richtig zeigen.
Für den angeberischen Sprung im Schwimmbad damals und für das Klauen meiner frisch grundierten Leinwände. Und vielleicht für die ganze Zeit, die ich hier verbracht habe, während Jean einen auf Großkünstler gemacht hat in dieser nur zweitgrößten Stadt.
Und weil ich so lange still gewesen bin, schlage ich ihm jetzt ins Gesicht, auch für Claires Mutter, und gleich noch für jeden Studenten- und Sommerjob, den ich je gemacht habe, und für hundert andere Dinge. Für meine Fische und für den Regen, auf

Englisch und auf Deutsch und auf Französisch und Freistil.

Jetzt ist es aber genug, sagt Marie, die daneben steht.
Für die Amtswege, für die Warteschlangen. Für schlechte Lehrer und für das sinnlose Absitzen von Lebenszeit. Und für die zwei Fahrräder, die mir gestohlen worden sind. Für falsche Freunde und für schlechte Mitbewohner – Marie und Valérie natürlich ausgenommen. Für den Schimmel an den Wänden meines Zimmers. Für die weißen Pferde und den trüben Himmel. Für die Platzhirsche und für die Onkels. Für die Schreckschrauben, für die rich Bitches.
Für das Einreichen, das Dokumentieren, für den Lebenslauf und für jedes verdammte Deleuze-Zitat.
Komm, Johnny, es reicht, sagt Marie. Vielleicht bist du dem ganzen Druck nicht gewachsen?
Zonk! Ich bin Johnny-der-die-Hand-zur-Faust-geballt-hat.

Apropos Druck, sagt Jean und spuckt einen Zahn aus, ich hab noch eine Steindruckplatte in der Werkstatt. Magst du mitkommen, Johnny?
Ja, sage ich.

But don't you ever hit me again, sagt Jean.
Ja, sag ich. Tut mir leid.
Mir auch, sagt Jean. Den Zahn zahlst du mir.
Ja, klar, sag ich.
Merveilleux, sagt Jean.

Muss man die Leute erst schlagen, damit sie einen kennen?
Das empfehle ich nicht, sagt Jean.
Hm, sage ich.
Du bist, sagt Jean, das ganze Jahr nur herumgestanden.
Ich hab Fische gemalt, sage ich, ziemlich viele sogar.
Die wundersame Vermehrung, sagt Jean, dann zeig sie halt mal. Reden kann jeder.
Auch nicht jeder, sag ich.
Zeig doch mal, was du machst, sagt Jean.

Ich bin Jean in die Druckwerkstatt gefolgt. Riesige, schwere Handpressen stehen dort, daneben stapelweise Steinplatten.
Hast du schon mal?, fragt Jean.
Na klar!, rufe ich, mit Louise.
Jean lacht: Gedruckt?
Nein, sage ich.
Gut, sagt Jean, dann zeig ich's dir.
Und jetzt kommt der Moment, in dem Jean zeigt, was ein guter Kollege ist, und dazu muss er ziemlich

viel darüber sagen, wie die Technik des Steindrucks funktioniert. Nämlich so: Du nimmst einen von diesen Steinen, Solnhofener heißen die, und schleifst ihn. Ziemlich lange. Du stellst dich an diesen Waschtisch, drückst die Steinplatte gegen dein Becken, hältst mit den Händen einen daraufliegenden zweiten Stein und lässt immer wieder etwas Wasser zwischen die Platten laufen und streust etwas Sand dazu.
Du reibst den oberen Stein in Achterschleifen über den unteren. Schleifen, Johnny, schleifen. Zuerst den gröberen Sand nehmen, dann den feineren, bis die Zeichnung deines Vorgängers, nachdem die alten Platten immer wiederverwendet werden, vollständig abgeschliffen ist.
Du darfst den Stein dann an der Zeichenfläche nicht mehr berühren, sonst ist jedes Fett, auch das der Finger, Bestandteil deiner neuen Zeichnung.
Ja, denke ich, Jean macht sich ganz gut als Lehrmeister mit seinen sehnigen Steinklopfer-Unterarmen aus der Kindheit im Kuhdorf. Und ich nehme also eine Platte vom Stapel, auf der die alte Zeichnung noch gut zu sehen ist. Und ja, so ein Zufall, diese Platte zeigt tatsächlich Jean im Selbstporträt.
Jean, du!, rufe ich.
Oui, sagt Jean.
Ich schleif dich jetzt weg, sage ich zu ihm.
Ist gut, sagt Jean.

Du siehst darauf aus wie Courbet, sage ich, während ich über sein Bild Sand rieseln und Wasser rinnen lasse. Courbet, der verzweifelt ist und sich die Haare rauft. Die Augen aufgerissen und den Blick ins Leere.

Haha, lacht Jean, genau, Courbet, bevor er an Wassersucht gestorben ist! Zu viele Tränen! Hehehe. Oder wie du, Johnny, nachdem du endlich den Ursprung der Welt gesehen hast.

Ach, Jean, sehr lustig.

Ja, weißt du, der Ursprung der Welt ist ja ein ziemlich kleines Bild, sagt Jean, mit der Höhe und Breite eines Unterarmes ungefähr. Aber man darf ohnehin nicht hinfassen, hab ich im Sommer in Paris im Musée d'Orsay vor dem Original feststellen müssen.

Schade eigentlich.

Ja, schade.

Schauen darf man aber?

Schauen, sagt Jean, hat man lange auch nicht richtig dürfen. Stell dir vor, der letzte Besitzer des Gemäldes war Monsieur Jacques Lacan selbst, und der hat es angeblich hinter einem anderen Bild versteckt gehabt und nur manchmal dahinter gelugt.

Diese Psychoanalytiker, sage ich und schüttle den Kopf, als würde ich viele von ihnen kennen.

Und Ich ist jetzt, wie es bei Lacan heißt, tatsächlich ein anderer, denn Jean spricht mit mir, und ich möchte ihn ansehen und mich zu einer sogenannten jubilatorischen Geste verleiten lassen, aber ich mache sie nur stumm in Gedanken, denn ich habe Angst, meinen neuen Freund mit meiner Begeisterung gleich wieder zu vertreiben.

Und während ich den Stein halte und schleife, wird Jeans Bild darauf zarter und blasser und verschwindet langsam ganz.
Du glaubst jetzt, sagt Jean, der mir zugesehen hat, dass dieser Bildverlust eine symbolisch wichtige Sache ist. Eine Art Anti-Dorian-Gray. Aber so ist es nicht. Es ist einfach bloß Steineschleifen.
Mehr so ein Obelix?, frage ich.
Genau, sagt Jean. Außerdem hab ich mein Selbstporträt vorher noch dreißig Mal abgedruckt.
Dreißig Jeans, sage ich, das ergibt eine ganze Schulklasse voll!

Außerdem, wenn du als Maler wirklich weit bist, sagt Jean, bist du sowieso eine Zitrone.
Oder eine Rechenmaschine. Oder ein Playboy-Sessel. So wie die Lassnig: Selbstporträt als Zitrone. Nicht: Selbstporträt als Gesicht im Spiegel, nein! Als Astronautin. Als Einäugige. Als Tier. Als Prophet. Mit Drahtarmen. Mit Schwimmgürtel.
Mit dem Fahrrad.
Mit dem Fahrrad ist die junge Malerin Maria Lassnig angeblich damals von Kärnten nach Wien gefahren mit ihrer Zeichenmappe zur Aufnahme an die Akademie. Aber wir wissen nicht: ist sie den ganzen

Weg, zwei, drei Tage also, mit dem Rad gefahren, oder hat sie es in Klagenfurt ins Zugabteil gestellt und ist damit am Südbahnhof wieder ausgestiegen und erst von dort aus dann durch den Belvederegarten zum Schillerplatz geradelt? Wie war das denn im Jahr 1941?
Wir haben keine Ahnung, sagt Jean.
Ich weiß nur, sage ich, dass mein Vater als Kind auch so weite Strecken zurücklegen hat müssen. Nicht von Kärnten bis Wien, aber vom Berg hinunter täglich zu Fuß in die Schule, mit der, wie er sagt, Milchbitschen in der Hand.
Und später einmal, als er so alt war wie wir jetzt, ist er mit dem Rad quer durch Europa nach Griechenland gefahren.
Und noch später, da war er mit dem Rucksack unterwegs durch Amerika. Er hat nur einen Dollar gebraucht am Tag, sagt er.
Der wäre kein Mann für Claires Mutter gewesen, sagt Jean darauf lachend.
Null, sage ich. Aber er hat lustige Postkarten aus Amerika geschickt, ich hab mal ein paar davon bei meinen Großeltern in der Schublade gefunden. Ganz winzig beschriftet.

Nimm die Kreide hier und die Tusche, sagt Jean, und fang an. Und zeichne dir die Passmarken an, die du dann beim Drucken fürs Auflegen des Papiers brauchst.

Ich reibe also die Tusche an und ordne die Kreidestifte der Größe nach.
Durch meine Gedanken stapft weiter mein Vater als Zwerg, mit seinem Bart und seiner winzigen Handschrift. Ich höre seine Stimme, wie er begeistert von der Corbusier-Liege erzählt und vom Eames-Chair. Ich sehe ihn, wie er dann diese Stühle, Liegen und Sessel als Miniaturausgaben kauft und ins Regal stellt. Und wie die Milchkanne aus seinen Kindertagen immer größer gewesen sein wird als jede Sitzgelegenheit aus dem Bestand seines Zwergen-Haushalts.
Ich zeichne und stelle mir dabei vor, dass ich Louise treffe und wir gemeinsam die riesenhafte Milchkanne umwerfen, die Milch ausschütten, und dass ich dann vom Milchfluss mitgerissen werde, fort von Louise und fort von meinem Vater. Fort aus dem Dorf, aus der zweitgrößten Stadt.

Ich zeichne meine Steinplatte voll, ich lege Tuscheschichten über die Kreidezeichnung, und nebenan arbeitet Jean. Maria Lassnig reimt zur Drehleiermusik ihre Kantate vom Künstlerleben.
Eine Träne, singt sie, fiel ihr auf das Haupt. Und ein Wermutstropfen früh ins Herz. Da ging sie kurzentschlossen außer Land.
Wohin?
Über den Großen Teich, auf nach Amerika.

Jean sieht sich meine Zeichnung an.
Ich habe einen Zwerg als Vater, ich habe Fische, ich habe eine Milchstraße aus Sternen, und ich habe Streifen. Vielleicht solltest du einen Sessel in deinem Zimmer Amerika nennen, sagt Jean, das reicht doch für den Anfang, um darauf sitzen zu können und die Möglichkeiten unterm Hintern zu spüren. L'art c'est une chaise.
Jean, ein Sessel passt gar nicht in mein Zimmer.
Und wo arbeitest du, fragt Jean, wenn du daheim bist?
Auf dem Fensterbrett und im Bett, sage ich.
Das ist doch schon die halbe Welt!, ruft Jean, und macht einen Luftsprung.
Ich sage jetzt nichts von den zwei Schreibtischen und meinem Hochbett, sonst kommt Jean gleich morgen mit seinem Fahrrad und transportiert alles ab.

Und bist du jetzt fertig?, fragt er.
Ja.
Gut, du reibst dein Bild, wenn es ganz trocken ist, mit Talkum ab.
Wie die Hände beim Geräteturnen, sage ich.
Genau, und dann pinselst du eine Schicht Gummi Arabicum darüber als Schutz. So kannst du den Stein stehen lassen, so lange du willst, zumindest aber über Nacht. – Wenn du dein Bild danach drucken willst, ätzt du den Stein an den dunklen

Stellen mit Salpetersäure, in Gummi gemischt. Schäumt übrigens ganz lustig. Dann gummierst du ihn wieder, lässt ihn trocknen, wäschst ihn später komplett aus, walzt ihn mit Farbe ein, befeuchtest ihn. Dann muss alles sehr schnell gehen. Du kurbelst an der Handpresse, und ich lege das Papier auf und wässere den Stein zwischen den Druckvorgängen.
Es gibt viel, was man dabei wissen muss. Das machen wir alles an einem anderen Tag. Jetzt muss ich heim, sagt Jean.

Während auch ich nach Hause gehe in meine halbe Welt mit doppeltem Tisch, noch ein wenig neben Jean her, denke ich an die Zeit als Kind in der Schule.
Ich habe von allen Ritualen, fällt mir ein, das Einreiben der Hände mit Talkum beim Turnen am liebsten gemocht. Mitten in den Haufen aus weißem Puder hab ich hineingegriffen, geklatscht, und es stauben lassen. Währenddessen hat sich Jean, da bin ich mir sicher, längst auf die Reckstange geschwungen gehabt und seinen Körper dort oben herumwirbeln lassen, die Pflicht erledigt, gefolgt von einer vielteiligen Kür. Nicht 3, nicht 6, nicht 5: immer die Höchstpunktezahl 10 im Blick.
Und auch das fällt mir jetzt ein: ich habe von einem Tag auf den anderen nicht mehr über den Kasten springen können. Ich weiß nicht, wieso. Ich habe

Anlauf genommen und bin mit aller Wucht dagegengekracht, wieder und wieder, obwohl ich früher noch leicht darübergesprungen bin.

Du hast damals im Schwimmbad einen Salto vom Dreimeterbrett gemacht, sage ich jetzt zu Jean. Nur in Ermangelung eines Fensterbrettes, sagt Jean. Ich frage ihn nicht, wie er das meint. Wir gehen stumm den Fluss entlang, Jean schiebt sein Fahrrad und raucht meine Zigaretten.
Ich wollt mich nicht umbringen, du Idiot, sagt er jetzt. Ich hab nur einfach keinen Platz gehabt, zu Hause, nicht mal auf dem Fensterbrett. Ha, zu Hause! Jean lacht, und er lacht, wie man so sagt: gehässig. Wir Kinder haben in den ausgezogenen Schubladen einer Kommode geschlafen, so eng war's dort. Obwohl der Hof ja riesig ist. Aber fürs Leben kein Platz. Für die Tiere ja, für die Maschinen ja. Für die Töpfe ja, für den Vater ja.

Nach einer Pause, in der wir bloß stumm nebeneinander hergehen und nach vorne sehen, sage ich: Mein Vater ist ein Zwerg, und größer zu sein als er fällt mir schwer. Aber ich bin als Bub einfach weitergewachsen.
Mein Vater ist auch ein Zwerg, aber mit den Händen eines Riesen, sagt Jean und spuckt. Und er prustet jetzt vor Lachen: Stell dir vor, wie der aussieht, ein kleiner fetter Zwerg, nicht so ein feiner blauäugiger

wie deiner. Er ist fett und rotgesichtig, er säuft und er schlägt.
Woher weißt du, dass mein Vater blaue Augen hat?, frage ich Jean.
Weil du, Johnny, auch so blauäugig bist.

Wir Kinder, sagt Jean weiter, sind ja ungefähr zu zehnt gewesen, ich weiß es gar nicht so genau, die älteren sind schon aus dem Haus gewesen, und die jüngeren kenn ich gar nicht mehr, seit ich selber fort bin. Aber solange ich ein Kind gewesen bin und nicht viel größer als mein Vater, hat er mich verprügelt. Er hat holländische Holzpantoffeln getragen, diese mit Windmühlen und Tulpen bemalten Trachtenschuhe, und als er sie am Abend ausgezogen hat, da ist er noch kleiner geworden. Das hat ihn so wütend gemacht, dass er mit diesen Klompen auf uns eingedroschen hat, bis er vor Erschöpfung fast umgefallen ist.

Das ist keine schöne Geschichte, sage ich zu Jean.
Das ist keine Geschichte, sagt Jean. Aber deswegen muss man keine Tränen vergießen. Ist doch egal, so geht's vielen. – Ich weiß nur, dass ich mich nicht aufhalten lasse. Von keinem.
Und dann sieht es so aus, als würde Jean doch weinen. Ganz leise. Und er geht dabei weiter und raucht weiter. Wir sind schon ziemlich verheult für zwei so tapfere Jungs, denke ich mir, und rauche auch und

gehe auch weiter, aber dann biege ich ab, dort, wo das Haus steht, in dem ich mein Zimmer habe, und Jean geht weiter in seine Richtung, und ich rufe noch: Jean, see you!, aber Jean hört mich gar nicht mehr und ist schon verschwunden.

Ich stelle fest, auch der wirkliche Jean ist nicht die fleischgewordene Verlässlichkeit.
Denn er hat mich – nicht nur wie schon so oft in meinen Gedanken, sondern diesmal auch sehr konkret – auf meiner Druckarbeit sitzen lassen, und ich habe mich ziemlich geschunden, bis ich drei Drucke zustande gebracht habe, bevor die Zeichnung auf dem Stein komplett zugegangen ist und schließlich nur noch schwarze Flecken gedruckt hat.
Aber ich sage mir auch: Immerhin kennt er mich jetzt und ist vielleicht auch so etwas wie mein Freund, und ich bin seiner.
Gibt es dafür Beweise?
Wenn er mit dem Fahrrad vorbeifährt, winkt er. Und letztens hat er mir eine Dose Bier mitgebracht, als ich abends noch in den Ateliers der Malereiklasse gearbeitet habe an meinen Zeichnungen.
Ja, immerhin zeichne ich jetzt, fast täglich.
Jean trinkt übrigens gar nicht so gern Pastis, wie ich immer gedacht habe, er sagt auch Pastih und raucht dazu Goloah und liest dabei Dümah. Ich hab auch

den Zeitpunkt verpasst, ihn darüber aufzuklären, dass er bei der Aussprache das -s dranhängen muss. Ist ja nicht weiter tragique.
Und dann hab ich, ohne ihm etwas davon zu sagen, seine Eloah angerufen, meine Louise, und wir haben lange geredet. Das geht ihn ja auch nichts an. Ich hab sie vor ihm kennengelernt. Und einen keramikweißen Zahn bekommt er auch von mir.

Johnny? Es ist Jean, am Telefon, sagt Valérie und gibt mir den Hörer in die Hand.
Plötzlich ist ihm diese Frau wichtig. Jede Woche trifft er eine andere Coquette, aber meine Louise aus Quebec bedeutet ihm nun doch mehr.
Jean, du funkst mir nicht dazwischen, rufe ich ins Telefon.
Johnny, ich kann sie nicht vergessen, flüstert Jean.
Jean, ich hab sie vor dir gekannt.
Johnny, und wie schnell hat sie dich danach vergessen?
Jean, sie ist mir wichtig.
Und so geht es weiter am Telefon, Johnny, Jean, Johnny. Als dann Jean wieder an der Reihe ist, sagt er auf einmal sehr langsam und ernst: Gut. Du bekommst sie. Aber ich will Gold sehen.
Gold, Jean?
Gold, Johnny.
Vorne, der Zahn?
Ja, der Zahn, ich will nicht Keramik, ich will Gold.

Jean, du wirst damit aussehen wie ein Pirat.
Genau, sagt Jean und lacht.
Gut, sage ich, vereinbart.
Schlag ein, sagt Jean, und klatscht ins Telefon.

Wie klingt dieser Satz?: Ich habe soeben für einen Goldzahn Louise aus Quebec, Kanada, von Jean ersteigert.

Und Jean lässt sich den wunderbarsten Goldzahn einsetzen, den man je gesehen hat.
Bestes Material, herrlich geschliffen. Nur mit dem Argument der modernistischen Reduktion hat er davon überzeugt werden können, sich nicht noch einen Diamanten vorne mit einsetzen zu lassen. Und er hat mich, hier stimmt dieser Satz, Länge mal Breite zahlen lassen – Mundhygiene inklusive. Ich habe dafür alle meine Ersparnisse aus den Sommerjobs der letzten sparefrohen Jahre zusammenkratzen müssen.
Und wenn ich daran denke, dass ich Louise dafür bekomme, finde ich, der Preis ist angemessen.

Gold wegen der Kunst, sagt Jean.
Es gibt natürlich ein paar gute Keramikkünstler, aber verglichen damit, was Gold in der Kunst bedeutet, ist offensichtlich, wo die Präferenz zu liegen hat. Denk an die russischen Ikonen, diese flachen, schmaläugigen, dunklen Gesichter, umgeben von

prächtigsten Gewändern und Heiligenscheinen und Himmeln aus Gold!
Oder denk an diese Katakombenheiligen, deren Skelette in jahrelanger Arbeit von fleißigen Nonnen geschmückt worden sind mit Gold und Edelsteinen.
So will ich einmal aussehen, ruft Jean, der Zahn ist erst der Anfang! Das erspart den Nonnen eine Woche Arbeit.
Jean, hast du gesehen, wie die einen anstarren? Diese Totenköpfe, sage ich, inmitten von Samt, Steinen, Draht und Haaren, das ist doch ekelhaft.
Ekelhaft und wunderbar!, ruft Jean. Stell dir vor, du stirbst in der Antike, und im 16. Jahrhundert umwickelt dann eine zarte Novizin die Knochen deiner müden Skeletthand mit goldenen Borten, das ist doch hingebungsvoll! Und während Jean so spricht, lacht er oft und auffallend und lässt dabei seinen neuen Goldzahn in der Sonne funkeln.
Und ich erzähle ihm gleich, dass ich in Rom die wunderschöne Santa Candida gesehen habe, die als Wachsfigur in einem Glassarg schläft, und dass sie lange dunkelblonde Locken hat und einen Rosenkranz im Haar, ganz verblichen, und ein Wundmal am Hals, auf dem, wächsern-rot, das Blut gestockt ist. In der Kirche Santa Maria dei Miracoli, ergänze ich mit betont italienischem Akzent, um meine Rom-Kenntnis gegenüber Jean herauszustreichen, und ich sage auch noch wie nebenbei: Das ist dort ganz nah an der berühmten Bar lo Sborone, wo ich

auf Interrail mit Lena und Fillide immer Caffè Shakerato getrunken habe am Tresen, oder einen frischgepressten Orangensaft oder einen Chinotto, dazu ein Bacio gegessen. Und ich spreche jetzt immer melodischer: Oder hab ich mir dort ein Panino geleistet mit Prosciutto und Provolone?
Ach, sagt Jean darauf auch sehr melodisch, die Schwesternkirchen am Ende der Via del Corso, gegenüber von der Santa Maria del Popolo, wo die beiden Caravaggios hängen.
Jaja, genau, sage ich ungerührt. – Verdammt.
Jean ist auf Interrail selbstverständlich auch in Rom gewesen und erklärt jetzt, dass bei Caravaggio der Dreck an den nackten Füßen der Dargestellten immer so wichtig ist. Herrlich, dieser Dreck!, ruft er, Caravaggio hat die Nutten und Mörder von der Straße geholt, damit sie ihm Modell stehen für seine Heiligen. Und Jean, der Franzose, sagt dabei immer so amerikanisch: Kärawäschioh – weil er sein Caravaggio-Wissen aus dem Caravaggio-Film hat, in dem Jean Bean den Ranuccio spielt mit goldenem Zahn.
Ich wiederhole es noch einmal in Gedanken: Jean ist auch in Rom gewesen. Jean kennt sich aus. Und Jean spricht Italienisch jetzt mit amerikanischem Akzent?
Jean ist nicht aufzuhalten. Er spricht weiter über diesen Ranuccio aus dem Carravaggio-Film: Und Tilda Swinton, sagt Jean, ist Ranuccios Liebhaberin, aber auch die von Caravaggio.

Jean ruft jetzt, ich solle mir einen Zweig um den Kopf binden und mich hinsetzen wie die Fotografin Cindy Sherman als kleiner kranker Bacchus von Caravaggio. Jean macht ein Foto von mir in Bacchus-Pose mit Zigaretten in der Hand.
Und dann, um jetzt nicht die Szene abbrechen zu müssen, in der Jean und ich uns einen Wettstreit liefern, wer von uns beiden der Schlauere sei, sage ich, dass vermutet wird, dass sich im kleinen kranken Bacchus eben Caravaggio selbst porträtiert habe.
Darauf sagt Jean: Ja, aber er hat den Bacchus ursprünglich aus dem Kupferstich vom Stecher Raimondi genommen, dessen Vorlage Raffael gezeichnet hat.
Und dann sag ich: Und schau einmal bei Manet, beim Frühstück im Grünen, da sitzt dieselbe Figur noch einmal.
Durch die Jahrhunderte ein unsterbliches Wesen, sagt Jean, und sagt dann noch, im Raimondi-Bild steht auch ein Nackter von hinten, und der wiederum sei das Vorbild für den Engel in Caravaggios Ruhe auf der Flucht nach Ägypten, die nämlich, rechts vom Engelpopo, die schönste Mutter-Kind-Formation zeigt, die wir beide je gesehen haben und auch je sehen werden – einfach formal und geometrisch gesprochen, bis zur Frisur der Maria nämlich großartig.
Und dann sag wieder ich – denn wir befinden uns

am Ende dieser Szene: Der nackte Engel von Caravaggio spiele auf seiner kleinen Geige eine Vertonung einer Stelle aus dem Hohelied der Liebe. Howgh!
Deine Brüste sind wie zwei Kitzlein!, ruft Jean jetzt so hoheliedhaft und inbrünstig, dass ich Sorge habe, die Trafikantin zwei Straßen weiter könnte uns hören. Wieder diese perversen Vogüh-Leser!, würde sie dann schimpfen.

Aber die Trafikantin steht ungestört in ihrem Laden, liest die farbenprächtige Bunte und hört uns nicht.
Und dann sagt Jean noch einmal, dass der Kupferstich von Raimondi auch deshalb so bedeutend sei für die gesamte Kunst und das gesamte Leben, Lieben und Kriegen, weil das Urteil des Paris, das darin dargestellt wird, den Zank um einen Apfel zum Ursprung hat. Und dieser Apfel hat welche Farbe?
Wir ahnen es, bling-bling!, natürlich: Gold.

Wenn ich Schluckauf habe, weiß ich, dass Louise an mich denkt.
Und wenn Louise an mich denkt, kann ich zum Aktzeichnen gehen. Es ist ja ein neues Jahr, und es ist ja ein neuer Kurs. Sollen die Rosen wachsen über die Unterhosen sämtlicher Thailänderinnen! Sollen

die Frauen und Mädchen sich räkeln, und die Buben und die Jungs und die dicken Männer mit den kleinen Schwänzen und die dürren Männer mit den Zwirbelbärten: Ich bin ein Maler und male euch alle!

Gut, in diesem Jahr hat offensichtlich Jean bereits die Leitung des Aktzeichnens übertragen bekommen. Noch wundere ich mich darüber, aber sonst wundert sich keiner, also: Papier und Kreiden aus den Taschen und los!

Jean schreitet im Raum auf und ab. Er sagt dem Aktmodell, wie es liegen oder stehen soll, die Beine spreizen oder schließen. Das macht mir alles nichts mehr aus. Ich denke an Louise, und was ich zeichne, sieht aus wie Louise. Jean zwinkert mir zu und lacht, und sein Goldzahn blitzt dabei gefährlich.

Die anderen Leute im Kurs zeichnen keine Thailänderin und auch keine Louise, aber sie nehmen das Aktmodell, wie man so sagt: zum Anlass für ihre Arbeit.

Marie zum Beispiel hat einen Nähkorb vererbt bekommen und näht Geschlechtsteile aus Plüsch und Perlen. Das klingt seltsam, aber so ist es. Immerhin näht sie keine Blumen.

Sophie hingegen zeichnet Geometrien. Sie sitzt vor dem Aktmodell und sieht Dreiecke und Tangenten und gezirkelte Kreise, denn unsere Sophie hat einen analytischen Zugang zu den Dingen.

Hans wiederum zerreißt Papier und bekritzelt es

mit Bleistift. Er klebt die Schnipsel auf größere Papierbahnen und kritzelt wieder darüber. Ich glaube, Hans ist bloß von Schamhaar fasziniert.
Franz tippt Konzepte in seinen Laptop. Er schreibt darüber, wie er das Aktmodell positionieren will. Er hat, seit er hier ist, noch nie etwas gezeichnet, denn Zeichnen ist seiner Meinung nach überbewertet. Und Aktzeichnen als Praxis überholt.
Cathérine hingegen glaubt, sie sei Michelangelo Buonarroti. Sie zeichnet mit Rötel und hat einen bildhauerischen Blick auf die Muskeln und Körpervolumen der Aktmodelle. In ihren Skizzen streckt regelmäßig jemand seine Zeigehand vor wie Gott persönlich. Und immer sind Stoffe drapiert um Leibesmitten und formen große Augen und Nasen den Charakter des Abgebildeten. Es gibt viel Schraffur von Licht und Schatten, dicke Locken, Zornesfalten auf der Stirn. Cathérine braucht gar kein Aktmodell, die Propheten und Sibyllen springen ihr nur so von den Fingern. Und Hörner haben sie wie Mose!
Dabei hat doch Professor Mary Schoenblum über die Hörner des Mose geschrieben, dass diese sich aus einem Übersetzungsfehler ergeben hätten: cornuta wie Hörner, statt korrekterweise coronata wie gekrönt. Ausgerechnet der sogenannte Vermittler der Worte Gottes wird in einem Teil der christlichen Kunst infolge eines Übersetzungsfehlers als Gehörnter dargestellt: Das ist doch herrlich!, freut sich die Frau Professor.

Und dann gibt's noch Féline. Féline benötigt ebenfalls kein Aktmodell, aber sie kommt trotzdem. Féline ist ihr eigenes Aktmodell. Sie liegt daheim auf ihrem Bett und filmt sich selbst: Die digitalen Tagebücher der Féline F. Sie beruft sich auf Marina Abramović und Valie Export und Carolee Schneemann und Elke Krystufek.
Féline hat ihre eigenen Filme übrigens schon einmal in einem Kino zeigen können in der größten Stadt des Landes. Ich bin damals hingefahren, und Félines Freund. Und ihre Eltern. Zu fünft sind wir mit Féline in einem riesengroßen Saal gesessen und haben uns mit ernstem Gesicht Félines Masturbationsfilme angesehen. – Ich glaube, auch Féline hat sich über die gesamte Dauer des Filmprogramms gewünscht, der Saal wäre sehr voll gewesen, ihre Videos eine Provokation, die Kunst revolutioniert, und Félines Eltern nicht zeitgleich auf Sightseeingtour durch die größte Stadt unseres Landes.

Sieht ein bisschen aus wie Balthus, sagt Jean, als er neben mir steht.
Ich?, frage ich.
Nicht du, du Idiot. Deine Zeichnungen, sagt Jean. Schlechter zwar als Balthus, sehr viel schlechter, aber doch wie Balthus. Jean deutet auf ein Bild, auf welchem das Aktmodell, das jedenfalls wie Louise aussieht, alle Gliedmaßen von sich streckt. Wie hieß das träumende Mädchen mit dem dunklen kinnlan-

gen Haar, das Balthus so oft gemalt hat? Ach, irgendein blöder Mädchenname, der mir jetzt nicht einfallen will, flucht Jean. Bloß die Katze fehlt bei dir. Wieso sind so viele Katzen auf Bildern von nackten Frauen, habt ihr euch das schon einmal gefragt? Jean blickt in die Runde. Wozu überhaupt die vielen Katzen in der Kunst? In der Literatur?

Ich bin gegen Katzen, fährt Jean fort, aber sie sind zu mächtig. Denkt einmal an keine Katze! Schon faucht euch eine ins Gesicht und bettelt um eine Schale Milch, dass man keine Ruhe mehr findet, bis man nicht mit dem Schuh nach ihr getreten haben wird. Schaut euch die Bilder von Balthus an: die lasziven Mädchen auf ihren Stühlen in ihren Zimmern mit ihren Katzen. Und der Maler als König der Katzen mitten unter ihnen!

Während Jean, der eigentlich nicht über Katzen sprechen will, die Katzen der Welt aufzählt, verzieht sich sein Mund zu einem sehr breiten Grinsen, ja, der ganze Jean besteht allein aus diesem Grinsen, und ich denke, ich weiß, dass er, wenn er vom König der Katzen spricht, jetzt von sich selber spricht.

Und deshalb trete ich mit meinen Cowboy-Boots gegen sein Schienbein, damit Jean erwacht aus seiner Katzen-Verzückung und weiterspricht über die Malerei von Balthus, darüber, was er daran so gern hat: nämlich die Farben der schwarzen Röcke, der

weißen Stutzen, der roten Pantoffeln. Das Licht, die Tapeten, die dunklen Möbel. Wie die Kinder hocken und liegen, immer sehr geometrisch – Sophie, das wird dir gefallen! Und dann das Konzentrierte, Abgewandte der Figuren. Ihre turnenden Gliedmaßen, ihre dergestalt abgewinkelten und geknickten Arme und Beine, dass sie fast an die papierenen Wesen aus dem Struwwelpeter erinnern: gleich sind die Finger ab, gleich fällt das Kind vom Stuhle, gleich brennt das Mädchen lichterloh.
Doch Minz und Maunz, die Katzen, erheben ihre Tatzen.

Ob mein Mädchen noch brennt für mich?
Ob sie im Winter kommen wird, wie sie es versprochen hat? Ob es so sein wird wie beim ersten Mal? Ob sie Jean vergessen hat?
Ich werde meine balthushafte Kreidezeichnung für Louise mit Haarspray fixieren, in ein Kuvert stecken und nach Kanada schicken. An Louise aus Quebec, Kanada, werde ich daraufschreiben. Und, dass ich mich freue, sie bald zu sehen.

In Gedanken an Louise, schönen und schmutzigen, spaziere ich mit meiner Mappe nach Hause. Ich höre den Wind in den Blättern der Bäume, und denke, dass bald die Äste kahl sein werden. Ich

kicke die auf den Boden gefallenen Kastanien vor mir her.
Ich sehe die Wolken und den Himmel, wie er zwischen Tag und Nacht sich noch nicht entscheiden kann, fast weißblau ist, ein bisschen gelb, ein bisschen orange, rot und rosa. Dunkel fließt unten der Fluss vorbei, die ersten Maronibrater haben ihre Stände aufgebaut.
Ich setze meine Mütze auf, und die Bilder aus dem Struwwelpeter wandern durch meine Gedanken und wechseln sich ab mit den vorbeiziehenden Wolken am Himmel.
Heute ist es schon zu spät im Jahr, viel zu kalt, um gedankenverloren ins Wasser zu fallen, um sich von den Fischen auslachen zu lassen, um die Mappe mit den Zeichnungen im Wasser zu verlieren. Heute geht es mir nicht wie dem Guck-in-die-Luft – nein, ich biege ab und nehme für die letzten Meter den Bus, bis ich wieder in unserer Wohnung bin, bei Marie und Valérie.

Ich habe meine Kreidezeichnung mit Haarspray fixiert, ich habe sie in ein Kuvert gesteckt und nach Kanada geschickt.
Louise aus Quebec hat nicht geantwortet. Hat gar nie mehr geantwortet. Ein paar Tage sind vergangen, ein paar Wochen, noch mehr. Kein Schluckauf mehr.
Ich bin sehr traurig gewesen. Auch wegen der Zeichnung. Viel mehr wegen Louise.

Und wegen des Goldzahns für Jean. Plastik hätte doch gereicht! Keramik, von mir aus. Bei der nächsten Schlägerei verliert er den Zahn ohnehin.
Ich werde ihm sagen, dass ich das Gold nach seiner Einäscherung zurückhaben will. Er soll das testamentarisch verfügen. Jean ist an allem schuld. Ich bin mir sicher, er hat noch Kontakt gehabt zu Louise. Er wird ihr erzählt haben, welch ein Idiot ich bin, dass ich sein Schüler bin, der stille Johnny, was weiß ich. Oder auch nicht. Jean kann vielleicht gar nichts dafür, Louise ist das Problem.
Schläft sie mit jedem Möchtegern-Künstler, der ihr in Europa über den Weg trampt? – Diese Kuh.

Danach hab ich lange keine Frau mehr angesehen. Und dann hab ich zum Trotz mit Marie und Valérie und Sophie geschlafen. Hintereinander. Louise soll sehen, was sie davon hat.

Jetzt, wieder allein, bleibe ich im Bett und mache keiner mehr auf.
Mein Zimmer ist abgesperrt. Ich will nicht aufstehen oder essen, ich will gar nichts mehr. Auch nicht zeichnen. Marie und Valérie haben sich gestritten gehabt und daraufhin wieder versöhnt. Sie klopfen an die Tür und wollen, dass ich aufstehe, etwas esse, mit ihnen ausgehe.

Ich will nicht. Ich bin nicht mal müde, ich spüre einfach nichts mehr.
Außer dass ich Angst habe, wie es weitergeht. Mit der Kunst und dem Leben und dem Geldverdienen. Manchmal fehlt mir jeder Mut.

Eine meiner Mitbewohnerinnen und Ex-Geliebten klopft später wieder an die Tür und sagt, Jean sei hier.
Jean kann mir gestohlen bleiben, sage ich leise.
Dann höre ich Jean, der an der Tür rüttelt und ruft: Johnny, Johnny.
Ich sage nichts mehr und starre auf den Plafond, wo eine Spinne namens Cy Twombly ihr Netz gewoben hat.

Dann bin ich doch eingeschlafen und wieder aufgewacht. Es gibt keinen leeren Joghurtbecher mehr, und ich muss schon wieder pinkeln. Das ist jetzt kein ruhmreicher Abgang aus dieser Szene, aber ich muss einfach. Tut mir leid. Ich öffne die Türe und stolpere über Jean, der dort am Boden sitzt.

Später gehe ich mit Jean ins Lokal am Kai.
Seit Jean großzügig Lokalrunden spendiert hat, hat er viele Freunde unter den Trinkern am Kai, die wir nicht mehr loswerden. Die uns ihre Lebensgeschichten vom Scheitern in der Kunst erzählen. Für jeden Schicksalsschlag zahlt ihnen Jean einen Schnaps.

Vergiss Louise, sagt Jean.
Ich nicke. Ich hab sie schon vergessen, sage ich.
Jean nickt.
Dann erzählt Jean, dass sein neuer Galerist ihm Geld schuldet. Jean hat aber nichts Schriftliches.
Jean, du hast nichts Schriftliches?!, frage ich ihn noch einmal laut.
Nein, sagt Jean.
Und ich weiß, ich an seiner Stelle wäre auch zu jung, um ans Schriftliche zu denken. Oder so: Ich würde daran denken, aber trotzdem nichts sagen. Ich würde mir denken, der Galerist wird, zur rechten Zeit, schon kommen mit dem Schriftlichen. Zu dumm.
So ist es, wenn man zwanzig ist, sage ich zu Jean, und Jean nickt wieder.
Für jede schlechte Erfahrung wird später eine gute kommen! Einmal wird jeder schlechte Galerist im Lokal am Kai landen und dich um einen Schnaps anwinseln. Du wirst manchmal zahlen, und manchmal nicht, uneinschätzbar.
Der Vollständigkeit halber fügen wir noch an, dass es auch gute Galeristen gibt. Wir nehmen uns auch vor, nachzudenken, welcher uns einfällt. Auf die Schnelle fällt uns nämlich jetzt nur Mutter Teresa ein, die ist aber keine Galeristin gewesen.

Was war in den Joghurtbechern?, fragt Jean jetzt.
Nichts, sage ich.
Da war doch was drin, sagt Jean.

Nein, sage ich.
Ich hab's doch gesehen, die waren doch voll.
Nein, sage ich, bestimmt nicht.
Wie hast du die vielen Stunden in deinem Zimmer verbracht?, fragt Jean.
Ich hab nur geschlafen, sage ich.
Okay, sagt Jean. Wenn sie nämlich voll gewesen wären, weil du das Zimmer nicht verlassen hast wollen –.
Ja?, frage ich.
Dann könnten wir sie jetzt holen und dem Galeristen vorbeibringen.
Das wäre aber eine sehr kindische Idee, sage ich.
So auf Wiener Aktionismus, sagt Jean. Aber du hast recht, es ist zu kindisch.
Wir machen's trotzdem. Wir sagen nie jemandem, was wir gemacht haben. Wir schreiben es später auch in kein Buch. Niemals, Ehrenwort?
Ehrenwort.

Als ich später heimkomme, sitzen meine Mitbewohnerinnen noch in der Küche.
Marie erzählt, dass sie im Sommer bei einem Fest eines der Wiener Aktionisten als Statistin mitgewirkt hat. Sie hat mit bloßen Füßen Trauben gestampft, die dann zu Wein vergoren werden. Sie hat sich auf ein Holzkreuz spannen lassen, ist nackt gewesen und das Blut eines getöteten Stieres ist über ihre Brüste geronnen.

Es war ein großer Spaß, sagt Marie. Der kleine dicke Wiener Aktionist ist herumgelaufen und hat das Spektakel dirigiert wie ein Hohepriester. – Eigentlich ist er ein ganz netter Kerl.
Ich erzähle daraufhin, ich habe einmal als Gymnasiast ein Monat lang in einem Putztrupp gearbeitet. Und weil in jenem Sommer die kleinformatigen Zeitungen so böse über den Wiener Aktionisten geschrieben haben, haben die Putzfrauen dort in der Mittagspause immer geschimpft: Scheiß Nietzsche! Da hab ich als Gymnasiast dann aber gesagt, Nietzsche ist ein Philosoph gewesen und kein Wiener Aktionist.
Valérie hat im Sommer bei einem anderen Übermalungskünstler gejobbt. Der lässt sich, sagt Valérie, auf die Kanarischen Inseln ein paar Kunststudenten einfliegen, die dann seine Leinwände vorgrundieren oder die fertigen Collagen firnissen. Hunderte Bilder lässt er vorproduzieren von den Kunststudenten.
Sein Marktwert ist sehr hoch, trotzdem ist der Übermaler sehr geizig. Einmal ist Valérie auf einem einzelnen Blatt etwas daneben gegangen, und sie hat so Angst gehabt, dass dadurch ein Schaden von hunderttausend Schilling entstanden hätte sein können, dass sie innerhalb des Ateliers dort keine andere Möglichkeit gesehen hat, ihr Missgeschick zu beseitigen, als die Zeichnung kurzerhand in den Mund zu stecken und hinunterzuschlucken.

Stellt euch das vor, sagen wir gegenseitig zueinander, die arme Valérie dort auf der Insel mit der Zeichnung in der Speiseröhre!
Das ist es nämlich, was der Philosoph Claude Lévi-Strauss mit Traurige Kanaren gemeint hat.

Jean bekommt seine alte Arbeit nicht zurück und auch kein Geld dafür.
Aber Jean hat jetzt eine neue Galerie, die ihn vertritt, in der größten Stadt unseres Landes, und er hat diesmal auch etwas Schriftliches, das besagt, dass, wenn die Galerie ein Bild von ihm verkauft, er sechzig Prozent des Honorars bekommt. Das Galeristen-Ehepaar will Jeans Namen aufbauen und ihn zu Messen mitnehmen. Sie werden die Arbeiten fotografieren lassen und einen Katalog drucken.
Sobald sie mehr Werbung mit Jeans aufgebautem Namen machen, werden sie sich auf fünfzig Prozent festlegen: fünfzig Prozent für sie, fünfzig Prozent für Jean. Jean soll privat nichts mehr verkaufen, jedenfalls nicht unter dem Galeriepreis.
Jean sagt, daran hält er sich. Wenigstens kennt man sich aus bei dem Galeristen-Ehepaar.

Wir fahren alle gemeinsam zu Jeans erster Ausstellung in der größten Stadt unseres Landes.
Jean hat monochrome Bilder gemalt und wird ge-

feiert als Meister der jungen Abstraktion in Zeiten der aufdringlichen Gegenständlichkeit.
Ich selbst hab noch gar nichts gewusst gehabt von Jeans Sinneswandel, vor wenigen Tagen erst hat er noch von Frauen und Katzen geschwärmt. Aber Jean sagt, wenn du zum Beispiel bei Balthus reinzoomst auf einen Bildzentimeter und das Ganze dann vergrößerst auf eine Leinwand, ein Meter mal ein Meter, dann kommst du auf das Ergebnis seiner jungen Abstraktion.
Eigentlich logisch, denke ich mir jetzt.
Jean sieht gut aus heute: in schmalen Hosen und einem riesengroßen schwarzen Pullover. Er trägt eine dunkle Brille, hat das Haar gescheitelt und mit Pomade hinters Ohr frisiert. So als würde er gleich die Peitsche aus der Umhängetasche ziehen und damit kräftig durch den Raum schnalzen.
Die Leute hier stehen auf ihn, wie überall.
Ich komme kaum dazu, mit ihm zu sprechen, immer ist er umringt. Von älteren Damen mit Perlenohrringen, von geistlichen Kunstkuratoren, von kunstsammelnden Adligen, von neureichen Geschäftsleuten, von jungen Russinnen. Von Studenten, von Punks und von den paar Verrückten, die auf jeder Vernissage auftauchen und ein Autogramm wollen in ihren karierten Notizblock. Mit einem schweren dunklen Füller verteilt Jean diese Autogramme großzügig.
Der wird noch berühmt, sagen die Leute.

Weiß ich doch, sage ich leise. Wusste ich schon immer.

Ich verlasse die Galerie, ohne mich zu verabschieden.
Doch, ich freue mich für Jean. Er muss an diesem Abend seine Arbeit tun. Man sagt dazu: Kontakte knüpfen, Präsenz zeigen, einen Eindruck hinterlassen. – Scheiße.
Ich schlendere durch die Gassen der Innenstadt. Am Hauptplatz drängen sich die Menschen und trinken Glühwein.
Einmal um die Ecke gebogen, wird es wieder ganz ruhig, fast ausgestorben. Viele altmodische Schaufenster gibt es hier. Kleine Konditorläden mit winzigen Schächtelchen und noch winzigeren Pralinen darin. Buchhandlungen und Antiquariate. Darin manchmal seltsame Militaria. Es gibt Parfümerien, Tabaktrafiken, Cafés. Ich denke an Jean.
In einer Kirche höre ich dem Chor zu bei seinen Proben. Ich zünde eine Kerze an: Nützt es nicht, schadet es auch nicht, sage ich zu mir.
Vor der Kirche draußen wollen mir junge Männer in Mozartkostümen Konzertkarten verkaufen. Ich versuche daraufhin in Gedanken alle Kostüme aufzuzählen, die während des Ausübens eines sogenannten Studentenjobs zu tragen sind. Sobald mir mehr als zehn eingefallen sein werden, werde ich etwas essen und trinken gehen.

Nein, das Sparefroh-Kostüm ist unter allen Verkleidungen nicht die übelste gewesen. Der grüne Turnanzug ist angenehmer zu tragen gewesen als beispielsweise der dicke Bauch, den ich als Fruchtgummibär im darauffolgenden Sommer mit mir herumgeschleppt hab. Und die dreieckige rote Mütze mit der dunklen Haarlocke daran ist mir richtig gut gestanden, hat meine Mutter damals gesagt.
Was ich nicht gemocht habe, ist dieser Spruch gewesen, den wir dabei haben aufsagen müssen: Wir sparen froh mit Sparefroh. Das hat in der Wiederholung eine gewisse Redundanz entwickelt, die am Ende der Weltsparwoche in Aggression umgeschlagen ist. Bei mir jedenfalls.

Ich spaziere weiter und entdecke ein kleines Café. Sein Name ist: Kleines Café. Ich bestelle ein Schnittlauchbrot und Bier.
Hier werfe ich froh mein Geld zum Fenster hinaus.

Jean ist nach dem Vernissagenabend in der größten Stadt unseres Landes für ein paar Tage nicht mehr bei uns aufgetaucht. Auch das Aktzeichnen ist entfallen, und keiner hat gewusst, wo Jean steckt.
Der hat einen riesigen Erfolg gehabt, alles verkauft, nächtelang durchgefeiert, in der Großstadt Kokain geschnupft, mit Frauen und Männern aus den besten

und zugleich schlechtesten Kreisen geschlafen, hernach jeweils bis in die Abendstunden teuer gefrühstückt im Imperial, sich dazwischen edel ausgestattet, ausschließlich mit japanischer Designermode. Irgendwann ist er dann eingeknickt: nach mehreren Tagen ohne richtigen Schlaf.

Erschöpft und mit hängendem Kopf hat er sich noch in den Zug Richtung Westen gesetzt, hat die ganze Fahrt über geschlafen, hat aus diesem Tiefschlaf auch am Endbahnhof weder vom Fahrdienstleiter noch von den beiden ungarischen Kellnerinnen aus dem Speisewagen geweckt werden können. Er ist dann, noch immer schlafend, ins Krankenhaus überstellt worden, wo ihn die Ärzte haben weiterschlafen lassen, ihn nach dem Aufwachen aber mit einer Standpauke begrüßt haben, die sich jedenfalls in Jeans Langzeitgedächtnis hat einschreiben sollen: Er sei diesmal nur knapp an einer Anzeige vorbeigeschrammt, und auch nur deswegen, weil eine Schwester Angelika sich eingesetzt und ihm in ihrer Fürsprache ein tadelloses Vorleben bescheinigt habe. Er schädige aber im Falle einer Wiederholung nicht nur seinen eigenen Körper, sondern gefährde auch das Gemeinwohl.

Jean gefährdet das Gemeinwohl durch Handlungen, die wir, seine auf ihn wartenden Kollegen im Aktzeichenkurs, uns in unserer Fantasie jetzt gar nicht weiter ausmalen möchten, so sehr sorgen wir uns um ihn.

Jean erscheint zum übernächsten Aktzeichnen wieder mit munterem Blick, sagt, er hat zwar sein Geld ausgegeben, anderes aber auch wieder eingenommen. Kunst ist, so Jean im neuen Hemd, eben auch Handel, und wer nicht investiert, ist kleinkariert.
Seine nächste Ausstellung ist bereits fürs kommende Jahr fixiert, und Kokain wird er niemals nehmen, dafür ist ihm seine schöne Nase zu schade.
Eine Schwester Angelika hat er, ergänzt er auf unsere Nachfrage hin, in seinem ganzen Leben noch nicht getroffen, aber in der Großstadt, da gibt es tolle Frauen, und Jean wird bald wieder hinfahren zur Inspiration.

Dann beginnen wir mit dem Zeichnen, und Jean spricht im weiteren Verlauf nicht viel, auch nicht mit mir. –
Am Ende, als alle gegangen sind, frage ich ihn, ob wir noch ins Lokal am Kai gehen wollen.
Für einen Moment habe ich Angst vor einer Absage, aber Jean nickt, und wir packen unsere Zeichenblöcke auf die Rücksitze der Fahrräder und fahren den Fluss entlang, obwohl es um diese Jahreszeit schon wieder zu kalt ist dafür.
Die Stadt ist ja nicht groß, und die Busse hier fahren nicht lange: wir haben also gar keine andere Wahl, als in unsere Schioveralls zu schlüpfen, uns die Eskimomützen über die Köpfe zu stülpen und in die

Pedale zu treten. Jean trägt dazu weiße Moonboots und findet das ironisch.
Wir haben als Kinder, sage ich, zu Moonboots immer Mummputz gesagt. Mummputz wie Mumpitz.

Dann sitzen wir endlich im Lokal am Kai, und Jean kann Mumpitz reden.
Johnny?
Ja, Jean?
Weißt du, was letzte Woche los gewesen ist?
Ja?
Also, ich wollte erzählen, ich hab einen riesigen Erfolg gehabt, alles verkauft, nächtelang durchgefeiert, in der Großstadt Kokain geschnupft, mit Frauen und Männern geschlafen, und was man sich eben so vorstellt unter einer gelungenen Vernissage. Dann hab ich gedacht, ich bringe an dieser Stelle noch etwas Spannung hinein, indem ich erzähle, dass ich beim Galeristen-Ehepaar daheim gewesen bin und dort, wie aus Versehen, ein Bild geklaut habe, das mir jetzt große Probleme bereitet oder großen Segen bringt. Dann wiederum hab ich gedacht, ich verstricke meinen Vater in diese Geschichte, er muss wegen des gestohlenen Bildes ins Gefängnis, oder er fällt beim Entdecken des Bildes von der Leiter. Mein Vater braucht ja schon eine Leiter, damit er am Morgen aus dem Bett kommt, so klein ist er. Ja, sagt Jean, das alles und noch mehr hab ich mir ausgemalt

in Gedanken: damit ist schon einmal viel Zeit vergangen.
Jean, du wolltest mir etwas vorlügen?
Nicht lügen, Johnny, ich wollte die Ereignisse des Abends ein bisschen auffrisieren. Ich wollte dich unterhalten. Damit du mir vor lauter still Zuhören nicht wegkippst.
Aber Jean, du hast doch einen erfolgreichen Abend gehabt!
Ja, den hab ich gehabt. – Und danach, am nächsten Morgen, bin ich nicht aus dem Bett gekommen.
Hättest du eine Leiter gebraucht?
Ja, vielleicht. – Und so ist das dann ein paar Tage lang gegangen.
Wie, rufe ich, du warst hier, in deinem Zimmer, und bist nicht zum Aktzeichnen gekommen, weil du nicht aus dem Bett hast steigen können?!
Ja, Johnny, schrei doch nicht so.
Während wir auf dich gewartet haben und gedacht haben, du könntest im Krankenhaus gelandet sein?
Jean, was ist los mit dir?
Ich weiß es nicht, Johnny. Die Leute haben gesagt: Jean, was Sie machen, ist gut, und was kommt als nächstes? Sie sind in meiner Ausstellung gestanden und haben nach der nächsten gefragt.
Vielleicht fürchten sie sich vor dem Stillstand, oder vor der Stille, sage ich – denn mit Stille kenn ich mich aus.
Pfch, sagt Jean.

Der ganze Abend ist so gewesen, sagt Jean, wie ich ihn mir vorher ausgedacht gehabt hab. So konzeptkunstmäßig. Wo du dich fragst, wozu du die Arbeit noch ausführen sollst, wenn die Skizze vorab bereits alles enthält, was später genau so eintreten wird.
Hm, sage ich. Aber es wird an jenem Abend doch auch Abweichungen gegeben haben?
Eigentlich nicht, sagt Jean. Ich hab gewusst, wer kommt, wie die Leute angezogen sein werden.
Dafür musst du kein Hellseher sein, Jean, sage ich.
Ich hab auch schon vorher gewusst, was die Leute zu meinen Arbeiten sagen werden. Ich hab den exakten Wortlaut im Ohr gehabt.
Hm. – Jean?
Ja?
Kannst du auch hören, was ich denke?
Nur perverses Zeug!, sagt Jean und lacht.
Weil dann bist du vielleicht der Teufel, Jean, sage ich.
Hehe, Prost, Johnny.
Prost, Jean.

Oder bist du vielleicht ausgebrannt?, frage ich und finde die Vorstellung komisch, dass die Höllenbrut höchstselbst unter Burnout leiden könnte.
Ach was, für eine Woche bin ich erschöpft gewesen, und jetzt ist Schluss damit!, ruft Jean und schlägt dabei auf den Tisch. Dann springt er auf und verlässt, ohne zu zahlen, das Lokal am Kai.

Der Rauch seiner Zigarette hängt noch in der Luft.

Im Doerner steht ja auch nicht, wie man beispielsweise mit den Nachwirkungen eines Vernissagenabends umgehen soll. Oder wie man das mit dem Geld macht. Und dem Leben.
Man muss halt früh dran sein, sagt Herr Dalí. Die Montagetechnik, die wir im Filmschnitt angewandt haben, war damals für das menschliche Auge ja revolutionär!
Besonders für das Auge in ihrem Film, Herr Dalí, sage ich.
Hör zu, Petit, du musst dir vorstellen, man hat in den Anfängen des Films noch mit den gestalterischen Mitteln des Theaters gearbeitet. Die Sprache des Films, sagt Dalí, hat sich auch erst entwickeln müssen und als solche erlernt und verstanden werden müssen von einem Publikum. Wenn dieser Jean schon vor seinem Vernissagenabend weiß, was die Leute zu seinen Arbeiten sagen werden, na, dann wird er so innovativ nicht sein, mon Enfant.
Hm, sage ich.
Aber was!, schaltet sich jetzt Kollege Marcel Duchamp dazwischen, in der Kunst geht es doch nicht darum, das Rad immer wieder neu zu erfinden.

Endlich, Herr Duchamp!, rufe ich, wir haben Sie bereits sehnsüchtig erwartet!
Man kann doch das bereits vorhandene Rad nehmen und mit der Gabel voran auf einen Küchenhocker schrauben: Ready-mades, empfiehl das deinem Freund Jean!, ruft Duchamp so laut, als wäre ich schwerhörig.
Sie sind ja gar nicht so schweigsam, wie Beuys es Ihnen vorgeworfen hat, sage ich jetzt zu Duchamp.
Beuys, wer ist der Kerl?
Joseph Beuys, Herr Duchamp, sage ich, und nach seiner Definition ist jeder ein Künstler.
Kenn ich nicht, sagt Duchamp.

Herr Duchamp, ich wollte Sie, jetzt, wo Sie hier sind, ohnehin etwas fragen.
Ja, Johnny?!
Ihr berühmter Flaschentrockner.
Was ist damit?
Heutzutage benutzt niemand mehr einen Flaschentrockner im Haushalt. Er ist gar kein Alltagsgegenstand mehr.
Aber Johnny, wie trocknest du deine Flaschen?
Ich trinke sie aus, und dann lasse ich sie bei Marie und Valérie in der Küche stehen.
Und du trocknest sie etwa nicht auf einem Flaschentrockner?
Nein. So etwas gibt es nicht mehr. Jeder, der jetzt Ihren alten Flaschentrockner sieht, denkt, er sei

eine Skulptur der sogenannten Abstrakten Moderne.
Johnny, sagt Duchamp, du heißt doch Johnny, nicht?!
Ja, Herr Duchamp.
Ich möchte mich, sagte er weiter, aus diesem Gespräch lieber wieder zurückziehen und mit meinem Kollegen Malewitsch eine Partie Schach spielen, wenn du gestattest: schwarze Quadrate auf weißem Grund, das wird mich beruhigen. – Und sag deinem Freund Jean, dass man für die Kunst manchmal auch den Zweifel braucht. Und die Einsamkeit und das Nachdenken. Oder irgendsowas.

Daheim in meinem Zimmer zeichne ich weiter.
Am liebsten mit weichen Buntstiften, die fast wie Kreiden die Farbe am Papier hinterlassen. Bunte Tusche ist auch gut, weil sie diesen nassen, frischen, geilen Schellackglanz erzeugt, und alles, worüber man sie legt, somit zusammenwächst.
Gegen den Geschmack!, ruft noch einmal Duchamp vom Garten herein.
Ich weiß, das ist gefährlich: Manchmal sollen die Dinge im Bild nicht zusammenwachsen. – Oder sie wollen nicht zusammenwachsen: mit Louise, beispielsweise. Unsere Wege, beispielsweise, haben sich getrennt. Schon am Bahnhof von Humlebæk.

Es kommt mir so vor, als wäre man auf die Welt gekommen, und da wäre noch alles möglich gewesen. Dreihundertfünfundsechzigtausend Möglichkeiten!
Aber bald steht man vor der ersten Entscheidung, und auf einen Schlag fallen mit einem ersten Ja oder Nein gleich zwanzig Möglichkeiten weg. Und beim nächsten Schlag die nächsten zwanzig.

Es kommt mir so vor, als wäre man selbst eine kleine Schellack-Laus auf dem großen Lebensbaum. Eine Laus nämlich, die zusätzlich von einer Blase aus Harz umschlossen wird! Man klettert seinen dicken Ast entlang, und alle anderen dicken Äste daneben werden abgeschlagen. Man hangelt sich behände weiter und muss sich bei der nächsten Gabelung wieder entscheiden für einen unter den dünneren Ästen. Man kraxelt voran, und wieder fallen die Äste daneben mit all ihren jeweiligen Verästelungen und Blättern weg für mich, kleine Laus. – Die Schellack-Ernte ist auch kein Honigschlecken.
Und das gefällt mir nicht. Dass, wie es meine Großmutter angeblich gesagt haben soll, ein paar wenige Ja oder Nein über ein gesamtes Leben entscheiden. Das ist mir zu groß.
Was?
Diese Verantwortung.
Aber Johnny, was willst du?

Schau, ich kann zum Beispiel, seit der letzten Wegkreuzung ist das absehbar, in meinem Leben kein Mathematiker mehr werden.
Johnny, bei aller Liebe zu den Zahlen: Mathematiker wäre aus dir ohnehin keiner geworden. Lass mal Fünf gerade sein. Zwischen Ja und Nein gibt es immer ein Vielleicht. Und zwischen Schwarz und Weiß gibt es immer noch Blau, Rot und Gelb. Und der das sagt, der muss es wissen, denn er heißt Piet Mondrian.

Meine Mitbewohnerin Valérie klopft an und kommt in mein Zimmer.
Valérie, habe ich Ähnlichkeiten mit einer Schellack-Laus?
Womit?
Mit einer Schellack-Laus?
Johnny, sagt Valerie: nein.
Mit einem anderen Tier?
Nein. Mit keinem. Nein, sagt Valérie, du siehst aus, wie ein Johnny aussehen muss.
Valérie, du siehst auch aus, wie eine Valérie aussehen muss. Aber auch ein bisschen wie ein Murmeltier.
Na, das ist ein Kompliment, sagt Valérie.
Nicht im Gesicht, sage ich. Von deiner Haltung her. Wie du die Tasse jetzt hältst.
Valérie deutet an, mir den Inhalt der Tasse ins Gesicht zu kippen, sagt dann aber nur: Gut, du siehst

aus wie ein Fisch, Johnny. Nicht von deiner Haltung her, mehr so im Gesicht.
Na, danke, sage ich. Blubb.

Als meine Schwester und ich klein waren, sage ich dann, haben uns eines Tages unsere Eltern dazu anstiften wollen, die Familienmitglieder als Tiere zu malen. Sie haben sich davon Einsichten in die kindliche Psyche versprochen.
Und, was habt ihr gemalt? Eine Fischfamilie?
Hehe, nein. Meine Schwester und ich, obwohl noch so klein, waren nicht blöd. Uns ist von Anfang an klar gewesen, eine Schlange oder eine Spinne sollten wir jetzt besser nicht zeichnen.
Jetzt lacht Valérie laut auf.
Ich weiß noch, sage ich, ein Elternteil habe ich als gutmütigen Braunbären gemalt. Ein Bär erschien mir unverdächtig.
Das war die Zeit vor den Problembären, sagt Valérie.

Du denkst noch an Louise, stimmt's?
Hm. Schräg, was die Sehnsucht macht, nicht?
Was macht sie, Johnny?
Ach. Ich weiß nicht. – Ich glaube, ich möchte mich gegen eine Palme lehnen und dabei ein Rippunterhemd tragen. Louise, in Schwarz-Weiß, mit Sand im Haar, soll sich an mich schmiegen.
Und du willst dabei die Stirn runzeln wie James Dean, hab ich recht?, fragt Valérie.

Ja, sag ich, wenn ich ehrlich bin, will ich das genau so. Herb Ritts soll uns dabei filmen.
Herb Ritts hat sicher keine Lust, eine Laus zu filmen, sagt Valérie.

Ich glaube, das Gespräch mit Valérie wird günstiger für mich verlaufen, wenn ich sie vom Bild der Laus wegbringe und wieder hin zum Bären lenke. Bären sind, abzüglich aller Problembären, nämlich Sympathieträger.
Wenn ich etwas über Bären in der Kunst sagen soll, schau ich am besten bei Kiki Smith nach.
Du sollst aber nichts über Bären in der Kunst sagen, sagt Valérie, um dann doch im Türrahmen stehen zu bleiben. Bären, Sterne, Rotkäppchen, Wölfe, Zähne, Tränen, sage ich, dafür ist in der Kunst Kiki Smith zuständig.
Kiki Smith: Beste!, sagt Valérie mit dem Akzent eines deutsch-türkischen Rappers. Und Valérie hat dabei etwas sehr Tierisches an sich. Ein Murmeltier ist vielleicht zu klein für sie. Ein Wolf! Eine Wölfin!
Ein Wolf Girl. Das ist so ein cooles Bild von Kiki Smith.
Ich wollte, ich hätte es gezeichnet, sagt Valérie zu mir. Wie Kiki das in ihren Bildern immer wieder in die Zeichenplatte kratzt, dieses zarte, aber spröde Haar- und Fellzeug!
Während Valérie so spricht, stelle ich mir vor, das

Fell wächst auch von ihren Armen zu den Händen über ihre Tasse wie ein dichter Pelz.
Valérie im Pelz, platzt es aus mir heraus.
Ja, Johnny, pass nur auf, sagt Valérie, shiny-shiny, shiny boots of leather.
Wenn du Velvet Underground hörst, sage ich, musst du aber auch von Andy Warhol sprechen, aber nur von den Zeichnungen mit den Schuhen.
Und den Schmetterlingen und den Käfern, sagt Valérie.
Und den Katzen.
Naja, aber von den Filmen ja auch.
Von den Filmen auch.
Und von allem anderen auch.
Von allem anderen auch. Aber das sollen andere übernehmen. Ich will nur von den Schuhzeichnungen sprechen, sage ich zu Valérie.
Na gut, sagt sie. – Die Tuschezeichnungen von Warhol sehen ja oft so durchgepaust aus. Und beim Durchpausen fällt mir immer Henry Darger ein.

Bin ich gerade eifersüchtig, weil Valérie an einen Henry Darger denkt?
Nein, das kann nicht sein. Valérie kennt diesen Henry doch nur deshalb, weil sie, diese verwöhnte Pelzträgerin, schon einmal in New York gewesen ist. Und dort hängen die angeblich so großartigen Zeichnungen von diesem alten Sack.
Und über alles das sprechen wir nur, weil wir jetzt

alle Künstler aufzählen wollen, die wir gut finden, bevor wir uns dazu entschlossen haben werden, miteinander ins Bett zu gehen. Sollte uns also hier noch jemand zugehört haben, sage ich: Gleich ist Schluss mit dem Namedropping.

Neben dem MoMA, sagt Valérie, ist nämlich das American Folk Art Museum, das ja fast die spannendere Sammlung hat – aber das darf man nicht zu laut sagen, sonst ärgert sich Mary Schoenblum über so viel jugendliche Ignoranz.

Wieso?, fragt Mary Schoenblum, Darger ist unbestritten. Er konnte halt nicht zeichnen, nur durchpausen. Aber wie! Und wie er diese seltsamen Vorlagen dann wieder und wieder verwendet hat und sich daraus so retortenhafte Kohorten von kleinen Mädchen und Jungs ergeben haben mit Schmetterlingsflügeln und Feuern und Wolken und Waffen. Schon großartig, sagt Mary Schoenblum.

Schon großartig, sagen Valérie und ich.

Und die Spinnen, weil ihr vorher von den unsympathischen unter den Tieren gesprochen habt, sagt Mary Schoenblum jetzt, sind auch nicht zu vernachlässigen. Das MoMA hat ein paar Spinnen von Louise Bourgeois, wie Miss Valérie sicher weiß.

Von einer Louise will ich nichts wissen, sage ich zu Mary.

Wer hat eigentlich, bei aller Wertschätzung, Professor Schoenblum hierher eingeladen?, frage ich Valérie.
Valérie zuckt mit den Achseln. Sie ist nur in deinem Kopf, sagt sie dann, nur in deinem Kopf.
Ich glaube, ich mag Frauen, die Hip-Hop-Texte zitieren. Mag ich Valérie? Ja, eindeutig, ich mag sie. – Sollen wir Professor Schoenblum bitten, in der Küche auf uns zu warten?, frage ich weiter.
Valérie nickt und sagt: Frau Professor Schoenblum, Sie haben eine weite Reise hinter sich, von New York hierher, bitte fühlen Sie sich wie zu Hause. In der Küche gibt es Moos und Pilze, bedienen Sie sich.
Und damit schließt Valérie die Tür hinter Mary Schoenblum.

Valérie ist ein Rudel an Tieren. Eine ganze Herde, die über mich hinweggefegt ist. Mit ihren gebirgstauglichen Krallen und ihren Nagezähnen hat sie mich zerkratzt und aufgerieben. Valérie, du hast mir die Palmenstrände ausgetrieben.

Miss Valérie, mit Ihrem rotblonden Haar haben Sie etwas von einer Cranach-Venus, sagt Mary Schoenblum, die in der Küche tatsächlich auf uns gewartet hat, zu meiner nackten Gefährtin. – Denn

wie es sich gehört für eine Mitbewohnerin, läuft Valérie auch in der Küche noch ein wenig nackt herum.
Welcher Cranach-Venus?
Whatever, es gibt so viele von ihnen.
Wieso gibt es eigentlich so viele davon?, frage ich Mary.
Frankly, I suppose, sagt Mary, die Künstler haben gern nackte Frauen malen wollen. Da ist ihnen die Figur der Venus gerade recht gekommen.
Wird Zeit, dass wir das Verhältnis umdrehen, sagt Valérie zu mir. Mit dir fangen wir an, Johnny.
Ausgerechnet mit mir, Valérie?!
Valérie lacht, aber zur Sicherheit knote ich den Gürtel meines Bademantels ein wenig fester.
Ich soll Ihnen übrigens herzliche Grüße von Ihren Freundinnen Jennifer und Jessica ausrichten, Johnny, sagt jetzt Mary Schoenblum zu mir.
Sie kennen die beiden?
Ja, sagt Mary Schoenblum, aus ihrer Zeit bei Mel Ramos.

Mel hat die beiden nackt vor einem Mondrian posieren lassen wollen, und meine verantwortungsvolle Aufgabe ist es gewesen, den armen Mondrian aus diesem Zusammenhang zu befreien. Für Mondrian ist ja die horizontale Linie selbst die Repräsentation der Frau gewesen, da braucht Mel nicht hineinzupfuschen.

Und die vertikale Linie ist die Repräsentation des Mannes?, fragt Valérie.
Ja, sagt Mary, Mondrian war in seinem Denken eher orthogonal gestrickt. – Jedenfalls, als ich den Mondrian, obwohl er es kaum verdient, aus den schmierigen Fingern von Mel gerettet gehabt hab, haben sich Jennifer und Jessica mir angeschlossen und bei Mel gekündigt. Mel hat geflucht und damit gedroht, das Mondrian-Bild in späterer Zukunft ohnehin zu malen, wenn nicht mit den beiden Js, dann mit jedem x-beliebigen anderen Chick, und, was noch viel schlimmer ist, er hat auch gedroht, mit seiner Kunstproduktion erst aufzuhören, wenn ihm der Pinsel aus der altersschwachen Hand fällt. Well then. – Danach habe ich Jennifer und Jessica noch einmal getroffen auf einem Meeting des Centerfold Girls' Liberation Movement, einer Untergruppe der Playmates against Sexism. Sie waren sehr engagiert.
Das freut mich, sage ich.

Mary, haben Sie schon gegessen?, fragt Valérie jetzt.
Nein, nichts, sagt Mary Schoenblum.
Wollen Sie etwas?
Nicht aus dieser Küche, sagt Mary. – Wisst ihr was? Lasst uns ausgehen, ich lade euch ein.

Wir haben es dann sehr schön gehabt mit Mary Schoenblum.

Ich hab sie mir, vom Foto her, ja viel strenger vorgestellt gehabt. Sie ist ein wandelndes Lexikon! Sie weiß so viel über die europäische Kunst. Auch wegen ihrer Familie. Über Handwerk und Mode und Möbel und Muster, schon faszinierend.
Und sie liebt das Bier hier! Wie sie den Humpen gehoben hat, diese zarte Person mit Faltenrock und Goldrandbrille. Ach, Mary! Das wird mir keiner glauben, dass ich jetzt mit der bedeutenden Essayistin und Kunsthistorikerin Professor Mary Schoenblum per du bin.

Am darauffolgenden Tag hat sie sich in den Zug gesetzt und ist weitergefahren in die größte Stadt, wo sie einen Vortrag halten wird. Zum Abschied, und als Dank für die Essenseinladung, hab ich ihr eine Zeichnung geschenkt: Ein Bild von einem Fisch, das ich in eine leere Chipstüte gesteckt habe. Fish 'n' Chips, habe ich am Bahnhof zu ihr gesagt, damit du eine Wegzehrung hast. Mary hat mir einen Kuss auf die Wange gedrückt.
Das Du hat sich trotzdem noch ungewohnt angefühlt. – Lass dich doch wirklich einmal von Valérie zeichnen, Johnny, hat sie dann noch gesagt.

Mein schöner Freund Jean hat damit überhaupt kein Problem. Etwas anderes hab ich auch gar nicht erwartet.

Auf einem Fest bei seinem Galeristen-Ehepaar hat Jean Minou kennengelernt. Sie ist Künstlerin und hat ihr Geld mit Videos verdient. Und zwar nicht mit solchen, wie Féline sie macht, sondern mit solchen, wie Jennifer und Jessica sie nicht mehr machen wollen.
Aber Minou macht nicht nur das, sie ist auch Umweltaktivistin und Tierschützerin, sie kämpft für Liebe, Glück und Frieden auf Erden. Und das Kämpfen hat sich gelohnt, denn sie hat dabei Jean gefunden.

Wenn es nicht so radikal wäre, was die beiden machen, würde ich mich an Jeans Zeit mit Claire erinnert fühlen: wie sie ihre Zweisamkeit in Szene setzen.
Aber Minou ist, entschuldige, Claire, unvergleichlich. Mit ihren weißen meterlangen Haaren, mit ihrem großen roten Mund, mit ihren dick und hellbraun angestrichenen Brauen. Mit ihren wasserblauen Augen, mit ihrem so kurzen Abstand zwischen Nase und Lippen. Und sie trägt nichts als Brautmoden-Dessous und hält Kätzchen oder Stofftiere im Arm. Genauer: im linken Arm ein Stofftier, im rechten Jean.

Jean hat sich durch die Bekanntschaft mit Minou von seiner Grauen Phase abgewandt. Er sagt, die anthrazitfarbene Reduktion sei ihm zu fade, zu feig

und zu einfach geworden. Du riskierst damit heute nichts mehr, behauptet er.
Er sagt, er gibt der Welt jetzt, was sie verlangt, und sie will bunten Zucker, Luftballons, Glanz und Glitzer. Sie will Popstars und Pferde. Und sie will Sex. Nicht angedeutet und verhohlen, sondern frei heraus und unmissverständlich.

Das ist es aber, was Jean und Minou genau damit kritisieren wollen, sagt Valérie.
Nein, gar nicht, sage ich, hat Jean gesagt. Es geht eben nicht um Kritik.
Hast du ihn gefragt?
Ja, ich hab ihn gefragt. Es geht ihm darum, sich mit Minou fotografieren zu lassen.
Okay, sagt Valérie. – Wollen wir einmal wieder ins Lokal am Kai gehen?

Ich bin froh, dass sie fragt, weil Jean, Jean geht nicht mehr ins Lokal am Kai.
Wohin geht denn Jean?
Ich weiß nicht. Letztens war er in der Zeitung zu sehen auf einem Foto von der Eröffnung der High Bar.
Jean geht in die High Bar?!
Ja, und als sein Vater das Foto gesehen hat, hat er Jean angerufen und gesagt, wenn er jemals wiederkommen sollte, wird er ihn derart verprügeln, dass er nicht mehr High von Low wird unterscheiden können.

Das hat der Vater gesagt?!
Ja, wortwörtlich. Aber Jean glaubt auch, dass ihm der Englischlehrer mit diesem Spruch geholfen hat.
Hm, sagt Valérie.

Daraufhin hat Jean seinen Vater gleich als Plastilinzwerg modelliert. Knallrot. Und dann hat er mit der Faust in das Gesicht des Plastilinzwergs geschlagen und es deformiert. Es tut mir fast weh, das so zu erzählen, aber ich denke, es war gut, dass Jean das gemacht hat. Er hat den zerquetschten Zwerg dann ausgestellt, als riesige Skulptur.
Und ist ein riesiger Zwerg überhaupt noch ein Zwerg?, fragt Valérie, aber darauf weiß ich keine Antwort.

Jean modelliert auch Engel, Delfine, Schweinchen, Bonbons, Eisbecher, Bälle, Reifen, Springseile. Seine Kunst platzt aus allen Nähten. Und nachdem selbst die Zwerge bei ihm riesengroß sind, ist sein Zimmer viel zu klein dafür, auch sein Platz bei uns in den Arbeitsräumen, auch das Lager bei den Galeristen ist zu klein geworden dafür.
Er hat ein Dutzend seiner Skulpturen vor seinem Haus auf dem Gehsteig, wie er sagt: zwischengeparkt.
Dass der Gehsteig dadurch unbenutzbar geworden

ist, passt den Bewohnern seines Hauses nicht und den Fußgängern erst recht nicht. Sie schreiben Leserbriefe an die Lokalzeitung und haben den Herrn Künstler bei der Stadtverwaltung angezeigt.

Als daraufhin der Abtransport droht, formiert sich Widerstand. Zuerst nur von unserer Seite, Valérie, Marie, ich, und die anderen Leute. Minou lässt sich an eine Skulptur fesseln. Weitere Leute schließen sich uns an. Und Jean ist wieder in der Zeitung damit. In mehreren Zeitungen.
Es gibt keinen Weg mehr zurück, sagt er zu mir.

Jean bekommt bald das Recht eingeräumt, seine Skulpturen stehen zu lassen. Er muss sie allerdings so anordnen, dass Fußgängern ein ungehindertes Passieren möglich wird. Dadurch entsteht ein Parcours, der von manchen Leuten infolge der medialen Aufmerksamkeit nun extra besucht wird. Dann stehen vor Jeans Haus ganze Schulklassen Schlange, um durch den Skulpturenparcours hindurchzutanzen.

Die Stadtverwaltung beschließt endlich, Jeans Skulpturen anzukaufen und sie als Wahrzeichen unserer Stadt touristisch nutzbar zu machen.
Valérie und ich sitzen im Lokal am Kai und wundern uns darüber. Mehr als dass ich mich wundere, bewundere ich Jean.

Jean ist wunderbar, Jean ist in aller Munde. Wir sind unten am Kai, und er ist mit Minou weit oben in der High Bar. Seine Bedenken gegen das Amerikanische hat er, auch, was die High Bar und ihre Drinks anbelangt, abgelegt. Jean ist eben wandelbar.

Das Telefon läutet. Es ist mein Vater. Hallo Kind, sagt er am Telefon.
Ich bin kein Kind mehr, Papa, sage ich.
Kommst du voran?
Ich weiß es nicht, sage ich.
Zeichnest du noch deine Fische?
Ja.
Du findest schon noch ein Wasser, in dem sie schwimmen können, sagt mein Vater. Gib nicht auf, John.

Mein Vater hat sich Mühe gegeben, zuversichtlich zu klingen: Gib nicht auf, Sohn. – Mein Vater ist schon ein riesengroßer Zwerg gewesen. Unter den Zwergen der Größte!

Eigentlich hätte ich ihm noch von meiner pelzigen Valérie berichten wollen.
Später ist mir dazu noch etwas in den Sinn gekommen, was er mir manchmal erzählt hat: Dass er von seinem Onkel zur Hochzeit eine Hasenpfote

geschenkt bekommen hat. Seltsam, nicht?! Die echte Pfote eines toten Hasen. Ich glaube, daraufhin hat mein Vater mit seinem Onkel nie mehr ein Wort gesprochen. Weil er sich als Hasenfuß beschimpft gefühlt hat, hat er zu mir gesagt, als Feigling. Und vielleicht ist es auch so gemeint gewesen.
Aber ich habe auch, erst vor kurzem, gelesen, dass die Hasenpfote in vielen Kulturen als Glücksbringer gilt. Vielleicht hat ihm der Onkel also doch Glück wünschen wollen.
Und vielleicht hätte mein Vater beim Anblick der Hasenpfote sich selbst sein Glück wünschen dürfen, und vielleicht hätte es geholfen.

Ich habe auch gelesen, sagt Duchamp jetzt. Zuerst habe ich einige Partien Schach gespielt, und dann habe ich nachgelesen. Nämlich bei Beuys. Der junge Hüpfer hat schamlos bei mir abgekupfert – aber ein paar Dinge kann ich trotzdem gelten lassen.
Ach so, Herr Duchamp, was wäre das denn?
Ja, Johnny, weil du von Hasen sprichst.
Herr Duchamp, belauschen Sie mich?
Nein, niemals. Auch nicht deine kleine Nagetierfreundin.
Valérie?!
Würde ich nie machen, sagt Duchamp. Aber Dalí, der alte Lustgreis, und dabei schüttelt Duchamp das

Köpfchen, dem ist manchmal langweilig in seiner Krypta.
Dalí beobachtet uns?!
Beobachten würde ich das nicht nennen, sagt Duchamp.
Es ist ekelhalft, sage ich. Reicht ihm seine Gala nicht?!

Jedenfalls möchte Duchamp jetzt darüber sprechen, wie Beuys einmal einem toten Hasen die Bilder seiner Ausstellung erklärt hat.
Gold und Honig hat er dabei im Gesicht gehabt, der Beuys!, ruft Duchamp.
Und der Hase?, frage ich.
Der Hase hat sich jedenfalls alle Mühe gegeben, die Kunst zu verstehen, sagt Duchamp.

Lass dich doch von deiner Valérie zeichnen, du Feigling, sagt Duchamp jetzt zu mir. – Ich hab mich auch zeichnen lassen, damals in New York, bei den drei Stettheimer-Schwestern.
Auch ohne Kleidung?, frage ich Duchamp.
Ganz ohne Kleidung, sagt Duchamp. Florine hat mich gezeichnet, und ich hab ihnen dafür eine Miniaturausgabe meines Bildes für ihr kleines Puppenhaus gezeichnet: Akt, eine Treppe herabsteigend.
Die hatten ein Puppenhaus, diese Schwestern?
Ja, ein Haus, an dem eine der Schwestern, Carrie,

fünfundzwanzig Jahre lang gebaut hat. Und die Künstler, die bei ihnen ein- und ausgegangen sind, haben je eines ihrer Kunstwerke en miniature beigesteuert.
Ein winziger Akt, eine winzige Treppe herabsteigend, sage ich zu Duchamp, darüber werden sich die Zwerge aber gefreut haben!

Akt, eine Treppe herabsteigend?!
Was der kann, kann ich auch!, rufen die Museumsbesucher, während sie vor diesem Bild stehen. Oder vor dem Urinal des Marcel Duchamp. Oder vor den Demoiselles des Pablo Picasso.
Ja, die Betrachtung von Kunst macht den Menschen Mut, denke ich.

Und wenn Duchamp sich hat zeichnen lassen, kann ich das also auch, sage ich mutig zu mir selbst, und klopfe bei Valérie an.
Valérie, meine hartnäckige Freundin, sage ich: Ich bin bereit.
Wozu, Johnny?, fragt Valérie.
Valérie, ich bin bereit, mich von dir zeichnen zu lassen. Und zwar nackt.
Valérie schweigt einen Augenblick lang, in dem sie wohl überlegt, welche Wette sie verloren haben könnte.

Wir wollten dich als Venus zeichnen!, ruft Valérie endlich. He's Venus as a Boy!
Hm? Ist das Hip-Hop?
Nein, sagt Valérie. Das Lied von Björk. Björk, die mit dem Faun auf Plateausohlen zusammen ist.
Der Faun auf Plateausohlen: meinst du Jean, Valérie?!
Doch nicht Jean, Johnny. Jean ist doch nicht mit Björk zusammen.
Kommt noch, sage ich zu Valérie.

Dann ziehe ich mich aus und lege mich in Valéries Zimmer auf den Boden.
Valérie setzt sich neben mich und sieht mich von oben bis unten an. Von unten bis oben. – Dann nimmt sie ihren Zeichenblock und zeichnet.

Ich weiß nicht, wie es aussieht, wie ich aussehe auf ihrem Papier, aber ich bleibe so liegen und sehe Valérie beim Zeichnen zu. Die Sonne scheint herein und wandert über meinen Körper. Während Valérie mich zeichnet, vergeht die Zeit.

Venus as a Boy. Seine Finger, singt Björk, sagt Valérie, greifen nach ihr. Er erforscht ihren Geschmack. Er lässt die Schönheit aus ihr herausplatzen. Oder so ähnlich.
Wie beginnt das Lied?, frage ich.
His wicked Sense of Humour, sagt Valérie.

Wie?, frage ich.
Wicked, sagt Valérie.

Wicked, wie böse oder gierig. Ja, ich bin Johnny-der-die-englische-Sprache-beherrscht.
Welch böses Ding, dass ich von dir träume. Das mich von dir träumen lässt.
Davon, dass du in meinem Zimmer stehst.

Louise?
Louise?!

Es ist seltsam, was die Sehnsucht macht.
Auf einmal ist Louise da gestanden. Louise hat meinen Brief mit der Zeichnung erhalten und sich auf den Weg gemacht. Mit ein paar Zwischenstopps, ja, aber doch auf den Weg zu mir nach Europa. Louise aus Kanada! Ich habe es selbst nicht glauben können.
Und Valérie auch nicht.
Und Kiki Smith auch nicht.

Kennst du diese Arbeit von Kiki Smith? Die mit den Tränen? Faustgroße Tränen, vielleicht aus Acrylglas. Oder sind es Regentropfen? Jedenfalls über den Boden eines Raumes verteilt.
Klingt gut, sagt Jean. – War Valérie traurig?
Ich glaube schon, sage ich.

Acrylglas, Johnny, wie professionell du das sagst, sagt Jean, und boxt mich fest in die Rippen.
Seit Jean an allen zehn Fingern Gold trägt, nicht nur im Mund, tut das auch so richtig weh.

Den Sommer habe ich mit Louise verbracht, meistens sind wir aus meinem Zimmer nicht hinausgekommen.
Doch, einmal sind wir im Schwimmbad gewesen und haben die jüngeren Leute beobachtet, wie sie in Gruppen beisammen gesessen sind und geredet haben, dann plötzlich aufgesprungen sind und ins Becken geköpfelt haben.
Der Lauteste unter ihnen ist nachher breitbeinig zu uns gekommen und hat sich von mir eine Zigarette drehen lassen. Damit ist er zu seinen Leuten zurückgestapft und hat den Arm um ein Mädchen gelegt.
Ein kleiner Jean, hat Louise gesagt.
Niemals, habe ich erwidert. Jean hätte sich niemals die Haare seitlich so abrasiert.
Louise und ich haben dem Kerl noch zugesehen, wie er lässig die Zigarette geraucht hat.
Hör mal, wie der jetzt husten muss!, habe ich gerufen. Such a Cutie, hat Louise gesagt und gegrinst.

An den Abenden sind Louise und ich manchmal ins Kino gegangen und haben uns einen wertvollen Film angeschaut: einen amerikanischen Stummfilm oder einen französischen Konversationsfilm. Danach auf ein Bier oder zwei ins Lokal am Kai, das seine Tische unten am Fluss aufgestellt gehabt hat. Louise hat sogar ein bisschen Deutsch gelernt, und ich habe an meinem amerikanischen Akzent gefeilt. – Jean haben wir den ganzen Sommer über nicht gesehen.

Die meiste Zeit sind wir bei mir auf dem Hochbett gewesen. Oder auf dem Fensterbrett. Oder an den beiden Arbeitstischen.
Louise und ich haben nämlich einen Stop-Motion-Film gedreht. Genauer gesagt haben wir einzelne Fotos als Stills in eine digitale Filmspur gelegt. Das ist sehr aufwändig, und wir haben dafür den ganzen Sommer, drei Monate lang, Zeit gehabt.

Wenn man will, dass auch die schnellen Bewegungen in einem Film flüssig erscheinen, braucht man zirka 24 Bilder in der Sekunde. Wenn man weniger aufnimmt, beginnen die Bilder zu hüpfen, wie Charlie Chaplin in seinen frühen Filmen.

Ich, protestiert Charlie Chaplin, bin aber mit Absicht gehüpft!
Charlie, Sie können sprechen?, frage ich und springe einen Schritt zurück.

Charlie Chaplin hängt mit the Kid als Plakat im Vorzimmer unserer Studentenwohnung und hat bisher beharrlich geschwiegen gehabt.
Indeed, kleiner Mann aus Osterlitsch, sagt Charlie, seit 1940 kann ich sprechen.
Great!, rufe ich und will noch ganz viel mit Charlie besprechen, was in den letzten sechzig Jahren so vorgefallen ist, aber Louise drängt darauf weiterzuarbeiten. Für unsere Zwecke reichen auch zwölf Bilder pro Sekunde, allerdings, um mit dem Film ganz fertig zu werden, haben wir ein anspruchsvolles Arbeitspensum zu erfüllen.

Louise hat mich abgelichtet, und ich hab Louise abgelichtet. Dann haben wir die Fotos auf Papier ausgedruckt und ausgeschnitten. Unsere Arme und Beine haben wir mit Draht beweglich gemacht. Jeder hat so von sich selbst eine Papierfigur gebastelt, dazu ein paar Ersatzfiguren für Aufnahmen von der Seite, von oben und von unten. Dazu mehrere Köpfe mit unterschiedlichen Gesichtsausdrücken, die wir abwechselnd in unsere Hals-Schlitze geschoben haben.

Später haben wir große Zeichenblätter mit Kreiden bemalt: Dschungel, Sand und Ozean. Durch diese Landschaft haben wir die kleine Papier-Louise und den kleinen Papier-Johnny dann hindurch manövriert. Foto für Foto.

Pss, höre ich es aus dem Gang, pss!
Charlie, ich muss arbeiten, flüstere ich zurück.
Psss, psss! Charlie bleibt hartnäckig.
Charlie, was willst du?
Johnny, nur kurz, weißt du, was aus the Kid geworden ist?
Aus dem Schauspieler?
Ja, flüstert Charlie, aus Jackie Coogan.
Huch, seufze ich.
Was?, fragt Charlie, sag's mir!
Okay. – Also, Charlie, halte dich fest.
Ich klebe hier ohnehin fest, sagt Charlie mit vorwurfsvoller Stimme.
Also, Jackie Coogans Vater ist bei einem Autounfall verunglückt.
Ouch!, ruft Charlie. – Und dann?
Und dann hat Jackies Mutter die Millionen verpulvert, die Jackie als Kinderstar verdient gehabt hat.
Ouch!, ruft Charlie wieder und verzieht das Gesicht, sodass sein Bärtchen schief auf der Lippe sitzt. – Und dann?
Und dann ist Jackie Coogan irgendwann ohne die Millionen dagestanden und hat bei der Addams Family angeheuert.
Der hübsche Jackie?!
Ähm, nicht ganz.
Nicht?, fragt Charlie.
Hm. Als Onkel Fester.
Wer?

Uncle Fester, der dicke Glatzkopf aus der Addams Family!, sage ich noch einmal.
Das ist aus dem süßen Jackie Coogan geworden?!, fragt Charlie entsetzt.
Ja, verdammt, zische ich, während auf dem Plakat in unserem Vorraum the Kid sein Knie umschlungen hält und ungerührt nach oben guckt.
Sauerkraut und Blitzkrieg!, flucht Charlie.

Johnny?!
Ich komm schon, Louise, sage ich, und widme mich wieder unserem heutigen Bild – mitgezählt: Nummer 17 aus 32.
Du bist ein richtiger Mathematiker, sagt Louise zu mir.
2.880 ergibt das am Schluss, sage ich.
Exactly, sagt Louise. 2.880 Bilder an 90 Tagen des Sommers.

Louise und ich haben das gut gemacht.
Louise ist winzig klein und schwarz-weiß, wir haben ihr eine stattliche Mähne zusammengestückelt aus den Frisurentipps der Vogue. Ich, ebenso klein und schwarz-weiß, habe endlich mein Rippunterhemd bekommen. Und rundherum lassen wir den Dschungel wuchern. In jeder Einstellung wächst irgendetwas oder schwankt im Wind.

Am Ende habe ich die Stimme von Chris Isaak nicht mehr ertragen können. Jeder Popsong dauert drei Minuten, aber Chris hat natürlich mindestens vier für sich beansprucht.
Damit er länger mit der schönen Helena schmusen kann, sagt Louise, als sie ihren Rucksack fertig gepackt hat und mir um den Hals fällt.
Es ist gut geworden, was wir gemacht haben, sagen wir.

Ich muss los, sagt Louise.
Ich bringe sie noch zum Bahnsteig. Sie wird mit dem Zug in die größte Stadt fahren und von dort aus zurückfliegen nach Quebec, Kanada.
Hast du alles?, frage ich.
Nicht alles, sagt Louise.

Sie wird mir fehlen, das weiß ich. Sie fehlt mir bereits, während wir gemeinsam zum Bahnsteig gehen. Dabei ist sie ja noch hier.
Schräg, was die Sehnsucht macht.
Zitier jetzt keine Songs, sagt Louise zu mir.
Okay, sage ich.
Der Zug steht schon da. Dann sagen wir nichts mehr.

Ein Pfiff ertönt als Abfahrsignal, Louise sagt jetzt: Okay, Johnny. Sie klettert in den Waggon, und ich stütze sie an ihrem Rucksack, der so schwer ist, dass Louise fast nach hinten kippt.

Okay, sage ich.
Dann schnellen die Türen zu. Ich hab gerade noch meine Hände herausziehen können, schon setzt sich der Zug in Bewegung. Louise sieht mir nach und winkt dabei nicht. Und ich sehe Louise nach und winke dabei nicht.

Vielleicht macht man so einen Abschied für immer. Oder vielleicht heißt es auch: wir sagen erst gar nicht Goodbye, denn wir werden uns wiedersehen? Ich weiß es nicht.
Und es gibt ja den Film. Wicked Games, starring Louise und Johnny. In weiteren Rollen: Schere, Papier und Klebstoff. Oder so: mit einem Gastauftritt von Chris Isaak als Klebstoff!

Ich spaziere den Fluss entlang Richtung heimwärts. Chris und sein Ohrwurm kleben so an mir, dass ich plötzlich den Wunsch habe, in den Fluss zu springen. Hinein ins kalte Wasser und mit dem Kopf ganz untertauchen!

Schon wenn man einen Handstand macht, sieht die Welt ganz anders aus.
Unter Wasser und im Fluss sowieso. Aale, Hechte, Karpfen: die Tierwelt ist so reich an Arten! Ich strecke einfach die Hände vor und fasse zwei Forellen

an die Flossen, halte eine links, eine rechts. Wir pflügen gemeinsam durchs Flussbett. Herrlich ist das!

Bald sind die zwei Forellen davon genervt, dass ich immer wieder nach oben tauchen muss, um nach Luft zu schnappen. – Unduldsame Viecher!, das würde man ihnen gar nicht ansehen.
Unter Tieren gibt es solche und solche, klärt mich jetzt eine sportlich vorbeikraulende Nixe auf. Es gibt die stillen Fische, die nur Blubb sagen, und es gibt die lauten, aggressiven, selbstsüchtigen, unleidlichen. Hier unten im Wasser lachen wir darüber, wie bei euch oben in der trockenen Welt die Fische dargestellt werden: träumerisch und sensibel. Wenn man sie erst kennt, weiß man es besser: unter allen Tieren sind die Fische die bösartigsten.
Ich muss wieder nach Luft schnappen, diese Nachricht ist für mich, der ich gemeint habe, das Wesen der Fische zu kennen, doch breath-taking. Ich fürchte mich beinah davor, wieder unterzutauchen. Wenn mir dann so ein Aggro-Fisch entgegenrauscht? – Aber die Nixe zieht schon an meinen Zehen, und ich tauche wieder nach unten. Merke: Du sollst nicht grußlos von einer Nixe scheiden.
Die Nixe beklagt sich jetzt, dass es so viele Vorurteile gebe gegen die Wasserlebewesen. Beispielsweise sei es auch nicht ganz korrekt, dass Nixen keinen Geschlechtsverkehr haben könnten. Klar, das Alt-

bekannte gibt es nicht. Man muss eben erfinderisch sein, sagt sie, und zwinkert mir zu.
Ich schnappe sofort wieder nach Luft, diesmal aber habe ich vor lauter Schreck vergessen, davor wieder hochzutauchen, und ich verschlucke mich, gefolgt von minutenlangem Husten und Spucken an der Wasseroberfläche.
Das ist nun doch ein willkommener Anlass, dem Flusse zu entsteigen: ob meines beklommenen Odems, oh ja! Freilich, eine Nixe ist eine großartige Frau, und ich bin mir sicher, wir können einfach gute Freunde sein, aber ich kann jetzt, nachdem Louise gerade erst in den Zug gestiegen ist, nicht – zwinker-zwinker – erfinderisch werden.

Die ehrlichere Erklärung: die Nixe, sorry, sieht aus wie die von Paul Klee, genannt Sumpfwassernixe.
Was tut eine Sumpfwassernixe eigentlich in einem fließenden Gewässer, frage ich mich. – Ein hässliches Ding.
Klar, als Bild wunderbar, aber als Liebespartnerin? Mit behaarten Brüsten, einem Körper wie ein Kegel, mit kurzen Ärmchen und Beinchen daran, leeren Kugelaugen, einer Glatze mit zwei Haarschöpfen?!
Ich bin ja der Meinung gewesen, die Sumpfwassernixe von Paul Klee sei im Gepäck der Kunsthändlerin Galka Scheyer in Amerika gelandet, und wir würden uns später, wenn ich Mary besuche, ohne-

hin dort kennengelernt haben. Jetzt ist dafür einfach der falsche Zeitpunkt.

Denn ein Sturm weht vom Paradiese her und treibt mich unaufhaltsam in die Zukunft. – Ich reibe mich mit meinen Kleidungsstücken, die ich an der Uferböschung zurückgelassen gehabt habe, trocken.
Hey, Sie da, ruft ein Polizist mir vom Gehweg oberhalb der Wiese zu. Hey, haben Sie nicht das Schild gesehen?: Baden verboten!
Ach, muss das jetzt sein, denke ich. Wozu gibt es einen Fluss, wenn er nicht zum Baden dient?
Der Polizist steigt zu mir herunter. Seine Augen sind aufgerissen, sein Mund steht offen und seine Flügel sind ausgespannt wie die breiten Schultern eines Bodybuilders. Er hat das Antlitz meinen nassen Haaren, dem Indizienbeweis, zugewendet. Wo eine Kette von Begebenheiten vor mir erscheint – das harmlose Schwimmen in einem Fluss einer zweitgrößten Stadt –, da sieht er eine einzige Katastrophe.

Ich hab in den Fluss springen müssen, will ich zum Polizisten sagen: Europa ist in Flammen gestanden, Louise ist nach Kanada zurückgefahren, Chris Isaak ist an mir geklebt. – Doch eine solche Erklärung würde er wohl kaum zu meinem Vorteil auslegen, denn die Phantasiekompetenz eines Polizisten muss sich, nehme ich an, stärker an der beobachtbaren

Wirklichkeit messen als die eines Kunststudenten. Ich sage also nichts von den Flammen, sondern erwähne nur das Stichwort von der Phantasiekompetenz. Vielleicht rufe ich auch noch: Freiheit den Freischwimmern!
Und ab da gerät alles ein bisschen außer Kontrolle, weil ich meine historische Chance gekommen sehe, in meinem kleinen Leben eine große Revolution anzuzetteln. – Ich hüpfe nackt von einem Bein aufs andere, reiße Gräser aus dem Boden, winde sie um mein Haupt, rufe: Freiheit, Freiheit. Freiheit den Nixen, Freiheit den Fischen!
Das ruft natürlich die Fische auf den Plan, besonders die streitlustigsten unter ihnen: Sie strecken ihre Köpfe aus dem Wasser und stimmen ein Kampflied an, das ein bisschen nach Underwater Love klingt von Smoke City, dieser Trip-Hop-Band, die damit vor ein paar Jahren einen Welthit gelandet hat, welcher dann für eine Jeanshosenwerbung im Fernsehen herhalten hat müssen – gedreht immerhin von Regisseur Michel Gondry.

Apropos Jeans: Jean ist ein Engel. Wenn man ihn braucht, taucht er auf.
Ja, das ist nicht immer so gewesen. Aber gerade jetzt ist es einmal wirklich so.

Der Polizist ist ja mit Johnny als Ausdruckstänzer und Lebensreformer überfordert gewesen. Jean hat mit seinem Eingreifen den größeren Gefallen doch dem Polizisten getan – aber auch ich für meinen Teil bin froh, dass Jean jetzt hier gewesen ist.

Johnny, hat Jean gerufen, es reicht, es passt, Pastih!

Er hat meine verstreuten Kleidungsstücke aufgesammelt, mir die Gräser aus dem Haar gezogen, mich in meine Hose und in mein T-Shirt gesteckt. Dabei hat er mit dem Polizisten über Nebensächliches gesprochen: über den mangelnden Tragekomfort der Schutzkappen im Sommer und über das Blaulicht, das korrekterweise blaue Rundumkennleuchte heißt. Und dazwischen hat er mir seine Beruhigungsformel vom Pastis ins Ohr gerappt: Es reicht, es passt, Pastih! Und ich habe dadurch nur noch ans Lokal am Kai gedacht: daran, dass sie jetzt, Anfang Herbst, die Tische zurück ins Lokal geräumt haben werden, und daran, dass Jean schon lange nicht mehr mit mir dort gewesen ist. Daran, dass ich den seltsamen Geschmack von Anis tatsächlich vermisst gehabt habe. Me, I am in love with Anise.

Jean zieht mich, und ich lasse es geschehen. Er wünscht dem Polizisten, der doch bitte von einer Anzeige absehen möchte, einen guten Tag, und macht zur Sicherheit auch den militärischen Gruß und einen Hofknicks. – Osterlitsch ist eben Osterlitsch.

Gleich einem betrunkenen Paar wanken Jean und ich den Gehweg oberhalb des Flussufers entlang. Ich erzähle ihm vom Chor der Fische und davon, wie subversiv die Fische sind.
Wie viele hast du denn gemalt bis jetzt?, fragt Jean.
Viele, sage ich, viele. – Aber ich sehe sie jetzt in ganz neuem Licht.
Du bist ein richtiger Impressionist, sagt Jean. Ein Impressionist mit Tendenz zu expressiven Ausfällen.

Endlich sitzen wir da, wo wir oft gesessen sind.
Wir sind überhaupt nicht oft hier gewesen, sagt Jean jetzt zu mir. – Jean liest schon wieder in meinen Gedanken.
Ja, aber in meinen Gedanken sind wir sehr oft miteinander hier gewesen, denke ich.

Wenn du einmal deine Fische ausgestellt haben wirst, gehen wir ins Eden au Lac, sagt Jean.
Ins Eden au Lac am Zürichsee?, frage ich.
Ich glaub, es gibt kein anderes, sagt Jean.
Bist du schon einmal dort gewesen?
Nein, sagt Jean, es ist aber sicher großartig.
Das glauben wir, sage ich.
Es ist sicher großartig, sagt Jean.
Das glauben wir, wiederhole ich, weil es auf Französisch in unseren Ohren so toll klingt. Aber übersetze es einmal so: Paradies an der Lacke.

Lac heißt See, sagt Jean.
Klingt aber wie Lacke, sage ich.
Dein englisches Lake klingt auch wie Lacke, sagt Jean.

Ich hab das oft, sage ich zu Jean, dass ich mir etwas so großartig ausmale.
Deshalb sind wir Maler geworden, ruft Jean.
Stimmt, sage ich. – Prost, Jean.
Prost, Johnny!

Ich habe mir die Welt immer so wie in den Bildern ausgemalt, sage ich dann.
Das ist ja nicht so falsch, sagt Jean, die Bilder kommen ja aus der Welt.
Aber meistens ist die Welt nicht so interessant wie auf den Bildern, sage ich. Ich bin fast immer enttäuscht von der Welt, wenn ich vorher die Bilder gesehen habe.
Oft genug ist es auch umgekehrt, sagt Jean darauf.
Vielleicht, sage ich.

Jean?
Was, Johnny?
Was ist mit Minou?
Ach, Minou, sagt Jean.
Jetzt sind wir beide wieder ohne Frauen, sage ich.
Minou ist Politikerin geworden, sagt Jean.
Ach so, sage ich.

Und ich, sagt Jean, hab genug von Blumen und Gräsern im Haar.
Ach so?, frage ich.
Ja, sagt Jean. Ich werde etwas anderes machen. Ich weiß bloß noch nicht, was.

Jean sieht dabei müde aus.
Wenn nichts mehr hilft, hilft Cranach, sage ich.
Was?
Wenn nichts mehr hilft, hilft Cranach, hast du einmal gesagt, Jean.
Hm, sagt Jean.
Welcher Cranach eigentlich, frage ich, der Jüngere oder der Ältere?
Egal, sagt Jean.
Beide helfen?, frage ich.
Die ganze Cranachsche Malerwerkstatt hat geholfen, sagt Jean. Weil es die Werkstatt gegeben hat, kann man den Jüngeren nicht vom Älteren unterscheiden. Und es gibt außerdem noch sich wiederholende Muster innerhalb der Tausenden von Bildern selbst.
Muster?
Ja, ich meine, dass sie die Vorlage eines Gesichtes zum Beispiel in mehreren Bildern wiederverwendet haben.
Hm, sage ich, das klingt schon recht hilfreich.
Ich weiß nicht, sagt Jean.

Dann unterbricht uns der Wirt vom Lokal am Kai, weil er uns eine zweite Flasche Pastis andrehen will. Seit Jean so erfolgreich ist, wollen die Leute Geld von ihm.
Monsieur Jean, noch eine Flasche?, raunt der dicke Wirt mit süßer Stimme.
Was soll's, sagt Jean, her damit. Und eine Flasche Wasser dazu!
Leitungswasser kostet extra, sagt der Wirt.
Wasser ist ein Menschenrecht!, rufe ich, und denke an meine streitbaren Kollegen aus dem Fluss. – Und ein Tierrecht!
Schon gut, mault der Wirt und schlurft lustlos hinter den Tresen. – Als er mit der Flasche Wasser zurückkommt, sehen Jean und ich uns an und lachen laut auf.
Johann Friedrich der Großmütige von Sachsen!, rufen wir wie aus einem Munde. Unser fetter Wirt mit krausem Backenbart und fein gedrehtem Schnauzer, das ist der Großmütige von Sachsen, detailgetreu gemalt von Lucas Cranach dem Älteren bereits im Jahre 1533: die speckigen Backen, der gelangweilt-arrogante Schlafzimmerblick, sogar das Goldkettchen über der geblähten Brust! Eindeutig, Johann Friedrich!
Der Wirt stellt missmutig das Wasser auf unseren Tisch, und wir rufen: Großmütiger, Großmütiger!
Arschlöcher, sagt der Wirt.
So hat uns Cranach wirklich den Abend gerettet.

Man muss sich nur ein Bild von ihm ansehen, und das Menschengeschlecht erscheint wieder in sanfterem Lichte.

Das Menschengeschlecht in sanftem Lichte? Inhaltlich vielleicht schon, sagt die beflissene Mary Schoenblum in meinem Kopf, aber formal stimmt das natürlich nicht. Gerade das harte, unbarmherzig-grelle, frontale Licht, weniger das sanfte, zeichnet die Arbeiten der Cranach-Werkstatt aus. Die Figuren wirken dadurch wie überbelichtet, oft scherenschnittartig vor einen dunklen Hintergrund gestellt. Gerade der Anblick eines Bildes wie desjenigen des Großmütigen von Sachsen lässt übrigens die Brücke schlagen zur zeitgenössischen Kunst, denken wir nur an den kolumbianischen Meister der karikaturhaften Übertreibung, Fernando Botero.
Hier muss ich aber protestieren, sage ich zu Mary, die wieder einmal spricht, als müsste sie eine Führung durchs Kunsthistorische Museum geben. – Cranach und Botero in einem Satz zu nennen, sage ich, das ist, als würde man das Eden au Lac mit dem Lokal am Kai vergleichen wollen.
Überall wird der Pastis mit Wasser gestreckt, sagt Mary darauf. – Ich bin auch keine Freundin der Kunst von Botero, aber es geht hier darum, Belege für formal-ästhetische Wahlverwandtschaften zu finden.
Also nein, also nein, also nein!, rufe ich.
Johnny, du bist ja trotzig geworden, sagt Mary.

Ein Kind ist trotzig, sage ich, aber nicht ein erwachsener Mann.
Mary hat nicht immer recht. Sie sieht die Dinge vielleicht auch anders.
So ist das mit den Bildern.

Man soll ohnehin nicht so gegen Leute wie den Maler Botero schimpfen, sagt Mary jetzt streng, das kommt alles zurück. Der ist jetzt nicht nach unserem Geschmack, und hängt in zwanzig Jahren wieder in jedem Wohnzimmer.
Mary, ist das eine Drohung?, rufe ich.
Mit dem Zeppel-Sperl ist es nichts anderes, fährt Mary fort. – Mary rückt die Goldrandbrille auf ihrer Nase zurecht. Der Name Zeppel-Sperl hat mir schon immer gut gefallen, fügt sie an. Ich verstehe jede österreichische Dichterin, die das ebenso gesehen hat.

Dreh die Mary in deinem Kopf leiser, sagt Jean jetzt zu mir – wir haben noch eine Flasche Pastis vor uns.
Es geht nicht, Jean, jammere ich. Wenn sie da ist, ist sie da.
Warte, sagt Jean, und dreht an meinem Ohr. Und?, fragt er.
Warte, sage ich. – Hm. Ja. Klappt. Ich glaub, sie ist ruhig.
Gut, sagt Jean.

Spricht Mary oft zu dir?, fragt er.
Schon, sage ich. Aber sie ist auch einmal richtig zu Besuch gewesen.
Bei Louise und dir?
Äh, bei Valérie und mir.
Du denkst noch immer an Valérie!, ruft Jean.
Hm.
Johnny denkt noch an Murmeltier-Valérie!
Ja, verdammt, ich denk noch an Murmeltier-Valérie. Seit Louise abgefahren ist.
Das könnte ihr französischer Nachname sein, sagt Jean, pass auf: Valérie Murmeltier. Oder so, mit e am Schluss und mit Accent: Madame Valérie Murmeltière. Hehehe, stell dir die Visitenkarte dazu vor!
Ja, sage ich, so eine geschmackvolle, mit Prägedruck auf edlem Papier.
Exactement!, ruft Jean. – Oder stell dir die Einladung in die Villa am Hang vor: Madame Valérie Murmeltière, beginnt Jean.
Und ihr Gatte Louis, setze ich fort, geben sich die Ehre, die Geburt ihres Sohnes Guy-Lancelot bekanntzugeben.
Und aus diesem Anlass, sagt Jean, zu einem kleinen Champagner-Umtrunk zu laden. – Sagt man: Champagner-Umtrunk?
Ich weiß es nicht, sage ich, vielleicht besser: und aus diesem Anlass zum Cocktail-Empfang zu laden.
Und Guy-Lancelot, fragt Jean, wer nennt sein Kind so?!

Ach, das hab ich aus einer wahren Geschichte, sage ich. Das sind die französischen Aristokraten, die meine Mitbewohnerin Marie in den Sommerferien einen Monat lang zum Putzen in ihr Schloss eingesperrt haben. Das haben sie dann Au-pair genannt.
Aasgeier!, ruft Jean. – Familie Aasgeière.

Frau Murmeltier ist schon in Ordnung, sage ich dann.
Ja, sagt Jean, ich finde sie auch gut.
Wie gut?, frage ich.
Keine Sorge, Johnny. Ich hab genug von den Frauen. Und wenn ich einmal einsam bin, kann ich Miou-Miou anrufen, oder Chouchoute.

Grölend, singend, lachend wandern wir nach Hause, viel später: es ist schon Morgen geworden, und zwei schmale Jungs haben zwei Flaschen Pastis intus gehabt.
Hinter uns eine Dunstwolke von Anis. Und vor uns der gelblich-weiße, trübe Nebel, der über dem Fluss liegt, damit die aufrührerischen Fische und die hässlichen Nixen darunter ungestört schlafen können.
Obwohl ich betrunken bin, bin ich ganz klar im Kopf. Und wirklich, wie sag ich's?: ich bin vom Glück erfasst. Mit Jean ist es einfach wunderbar. Wir sind, jetzt stimmt es wirklich, richtige Freunde.
Er hat sich bei mir untergehakt und wankt von einem Bein aufs andere. Wenn wir stolpern, rappeln wir

uns gleich wieder auf. Wir sind eine kleine Maschine, die einem gemeinsamen Ziel entgegenrattert, nein, schnurrt: unser Motor ist die Freundschaft, unser Treibstoff der Pastis.
Wenn wir alt und berühmt sein werden, sage ich, werde ich unsere Memoiren schreiben: Unser Treibstoff war der Pastis. Jean und Johnny.
Sch-tsch-sch-tsch-sch-tsch-sch auf dem Weg nach Hause.
Jean ist eine lange nasse Haarsträhne ins Gesicht gefallen, die an seiner sandigen Stirn kleben bleibt. Ich möchte sie ihm nach hinten streifen. Würde ich auf Jungs stehen, würde ich das jetzt machen. Sicherlich. Aber so? Igitt.

Im versteckten Winkel. Oder: Das geheime Kämmerchen. – So heißt der Raum, der von Studentinnen und Studenten der Malereiklasse, wie wir so sagen: bespielt wird. Weil es sich herumgesprochen hat, dass ich im Sommer mit einer begnadeten Kanadierin einen Film gemacht habe, darf demnächst ich im Kämmerchen ausstellen.
Die Vorbereitungen dazu laufen bereits: Einen Beamer kann ich von Claires Mutter leihen. – Vielen Dank, Frau Eber. – Ich möchte unseren Film groß an die Wand projizieren, eine Raumbreite habe ich dafür vorgesehen.

Und dann gibt es noch die Zeichnungen auf Papier. Die vielen Fische. Sie passen ganz gut zum Film, zu den wachsenden Pflanzen darin und dem sich kosenden Paar am Strand. Diese beiden schwarz-weißen Papierfiguren im Paradies, die in ihren ruckartigen Stop-Motion-Bewegungen nun fast etwas Trauriges haben.

Beim Hängen der Bilder bekomme ich Unterstützung. – Danke, Frau Professor. – Um Genitalpanik gar nicht erst aufkommen zu lassen, vermeide ich ein Gespräch mit ihr über meinen Film. – Aber die Fische überraschen sie sehr.

Ich hab gar nicht gewusst, dass du so viel gemalt hast, Johnny, sagt sie.

Ich sehe sie an und versuche aus ihrem Gesicht abzulesen, ob sie gleich zu einem Kommentar ansetzen wird, der meine Arbeit vernichtet.

Aber sie mag meine Fische. Sie findet sie schräg. Und humorvoll. So in der Masse.

Ich sage ihr, dass ich das Wesen der Fische, auch durch meine Arbeit, sehr gut kennengelernt habe.

Und wie hast du dir vorgestellt, sie zu hängen?, fragt die Professorin.

Am liebsten würde ich die Fische auf dem Boden auslegen und eine riesige Glasplatte darüberlegen, über die die Besucher laufen müssen. Wenn sie dann nach unten sehen, spiegelt sich das Licht der Deckenleuchten unter ihren Füßen, und dazwischen schwimmen die Fische.

Dazwischen schwimmen die Fische: das wäre auch ein Titel für deine Ausstellung, sagt die Professorin. Stimmt, sage ich. – Jedenfalls aber habe ich kein Glas und keine Bilderrahmen, weil ich dafür kein Geld gehabt habe.
Was hast du denn mitgebracht?, fragt die Professorin.
Ich habe Metallstifte dabei und einen Hammer.
Gut, sagt die Professorin, dann nageln wir die Zeichnungen jetzt ohne Rahmen an die Wand.

Und wir hämmern und hämmern und befestigen meine Fische an drei Wandflächen, und auf der vierten läuft der Film von Louise und mir. Den Gesang von Chris Isaak werde ich erst am Abend dazuschalten.
Die Bilder hängen wir alle in Knie- und Bauchhöhe, so bekommt man auch ein wenig das Gefühl, durchs Wasser zu waten. Und einen einzelnen Fisch hängen wir unterhalb der Videoprojektion auf, der glotzt hinauf, was sich oben an Land so tut.
Das alles sieht komisch aus, auch schön, voller Farben. Und dabei sehr zart. Gleichzeitig in Summe ein ziemlicher Eindruck, finde ich.
Findet die Professorin auch.
Und Marie auch, die mit einem Blumenstrauß die kleine Galerie betritt.
Johnny, wow!, ruft Marie.

Danke, Marie, sage ich – und flüstere dann: Bitte keine Blumen.
Okay, Johnny.

Die Vernissage läuft gut, viele Leute kommen, es gibt Bier und Wein.
Ich bin zu überdreht, um, wie es sich gehört, lässig an der Wand zu lehnen. – An der Wand soll man aber auch nicht lehnen, weil dort die Bilder hängen. Deshalb piepsen die Bilder in den Museen, sobald man ihnen zu nahe kommt. Aber meine Fische geben sich, gemäß dem alten Vorurteil, diesmal doch stumm.

Auch ein paar Leute aus unserem Dorf haben den Ausflug in die Stadt auf sich genommen. Sie haben eine Fahrgemeinschaft gebildet aus Tanten, Mördern und Zweiflern.
Schwer zu finden, eure Galerie, sagen sie. – Beim Wort Galerie strecken sie beide Hände in die Luft und deuten mit Zeige- und Mittelfinger Gänsefüßchen an. Gesprächspause.
Fische?, fragen sie dann. Noch einmal entsteht eine Gesprächspause.
Und, hast du schon etwas davon verkauft?, fragen sie. Ist sicher nicht einfach, sagen sie. Besonders mit Fischen ist es nicht einfach, nicht einfach. – Prost, Johnny.

Zum Verkaufen fällt mir jetzt ein, dass ich natürlich meinen Faktor wissen muss.
Ich bin an einem Abend einmal in einer Runde von Künstlern gesessen, und der Reihe nach hat jeder seinen Faktor auf den Tisch geknallt. – Danach berechnen sich nämlich die Preise von Bildern: Man addiert Höhe und Breite des jeweiligen Bildes und multipliziert die Summe dann mit dem Faktor. Der Faktor ergibt sich aus dem Marktwert des Künstlers. Seinen Marktwert nicht zu kennen bedeutet, dass man keinen hat. Daher ist es gut, sich vor einem Treffen mit Künstlern den eigenen Faktor auszudenken. Um professionell zu sein, darf dieser Faktor weder zu hoch, noch zu niedrig angesetzt sein.

Jean taucht erst sehr spät auf an diesem Abend.
Er hastet durch die Ausstellung, sagt nicht viel, muss gleich wieder los, ist in Eile.
Ich muss noch den Koffer packen, sagt er.
Wozu?, frage ich.
Für New York.
Für New York?!
Ja, sagt Jean, ich kann dort eine Ausstellung machen.
In New York also, sage ich.
Nichts Großes, sagt Jean. In einem versteckten Trakt der U-Bahn. Dort gibt es so einen Pop-up Project Space.
Ach so, etwas ganz Kleines, sage ich.

Ja, sagt Jean, unbedeutend.
Und wieso nicht in Paris, frage ich, wieso ausgerechnet in New York?
Ja, why not?!, habe ich mir gesagt, antwortet Jean.

New York gehört ja nicht dem Johnny allein.
Es gehört auch den acht Millionen New Yorkern, klar. Den Puertoricanern dort. Den Afroamerikanern. Und den Italienern natürlich.
Chinesen gibt's dort auch. In China Town. Die Iren, freilich, die Iren! Wer hat denn die ersten Wolkenkratzer gebaut Ende des 19. Jahrhunderts? Die Iren haben sicherlich ihren Teil dazu beigetragen.
Naja, und New York war natürlich im 20. Jahrhundert ein Brennpunkt der Kunst, was sich da alles getan hat, und wer sich getroffen hat! Also ab den dreißiger Jahren auf jeden Fall.
Und bald danach mit dem Chefkritiker Clement Greenberg und den Künstlern des sogenannten Abstrakten Expressionismus, also bitte, da kann man beileibe nicht davon sprechen, dass New York irgendwie auf den Johnny gewartet haben wird.
Aber wieso auf Jean?! Und wieso gerade jetzt?

Unsere zweitgrößte Stadt hat für uns ein kleines Ausweichquartier.
Es ist einmal eine Schule gewesen. Oder eine Lagerhalle eines Versandhauses. Oder ein Einkaufszentrum. Ohne Fahrrad schwer zu erreichen.

Zwei Fahrräder sind mir in meinem kurzen Leben in dieser Stadt schon gestohlen worden. Ein drittes hab ich selbst wo abgestellt und nie mehr abgeholt. Das tut mir jetzt noch leid.
Auf dem vierten Fahrrad nun radle ich an den Stadtrand in unser Ausweichquartier. – Dort angekommen, vorbei an Büros, an Hörsälen, einer Bibliothek, liegt am Ende eines Labyrinths in einem versteckten Winkel das geheime Kämmerchen: unsere Galerie.
Und doch machen die Leute hier immer wieder gute Sachen. Und doch finden auch andere Leute hierher, um sich diese Sachen dann anzusehen.

Dazwischen schwimmen die Fische: das ist sie, die allererste Ausstellung in meinem Leben.
Ich bin so aufgeregt gewesen! Und habe zu jedem einzelnen Besucher gesagt, dass ich mich freue, dass er gekommen ist. – Das ist mir heute, am Tag danach mit schwerem Kopf, schon wieder unangenehm. Zumindest zu den Mördern hätte ich nicht so freundlich sein müssen.

Heute möchte ich noch einmal allein im Raum stehen und mir einen Überblick über meine Arbeit verschaffen. Aber was rät der Doerner, wenn dort keiner die Tür aufgesperrt, das Licht angedreht, den Film zum Laufen gebracht hat?
Er sagt, mitleidlos: Johnny, dann musst du es eben selber machen, jeden Morgen, drei Wochen lang.

Ein solcher Rat ist Goldes wert, aber er trägt dennoch nicht dazu bei, dass ich an den Tagen nach meiner glanzvollen Vernissage dem tosenden Sturm meiner Gedanken an den Starauftritt eines gewissen Jean in New York standhalten könnte in würdevoller Gelassenheit.
Dazu schweigt der Doerner, aber zum Thema Vergoldung hat er ein ganzes Kapitel.

Am ersten Tag in New York trifft sich Jean mit Professor Mary Schoenblum in ihrem Institut.
Jean hält vor den Studentinnen und Studenten aus ihrem Kurs einen kurzen Vortrag über seine Arbeit. Er springt auf den Tischen herum und gestikuliert dabei viel. Auf Deutsch, und Mary übersetzt ins Englische.
Jean, obwohl noch jung an Jahren, sagt Mary, ist eine Hoffnung in der Kunst. Im deutschsprachigen Raum hat er sich bereits einen Namen gemacht.
Auch in Frankreich, fügt Jean an, am Montparnasse und an den Ufern der Seine! In den Bars der Absinthtrinker und in den Tanzlokalen! Bei den Huren und bei den Hunden!
Okay, Jean, sagt Mary und fährt fort: Jean hat unsere hingebungsvolle Bewunderung really verdient.

So erklärt man den toten Hasen die Kunst!

Das ist die Szene, in der mein Jean noch einmal richtig glänzen darf. – Die Studentinnen und Studenten spitzen die Ohren. Und Jean, grinsend, mit Goldzahn und mit Honig um den spärlichen Bart, lädt am Ende seines Vortrags die Klasse von Mary Schoenblum zu seinem bevorstehenden Opening ein in den Pop-up Project Space. – Jeans Englisch wird besser, während Johnny in einer zweitgrößten Stadt in einem sehr kleinen Land in Europa hockt.

Danach gehen Mary und Jean frische Burritos holen. Sie legen sich mit den braunen Papiersäcken, bis zum Rand gefüllt mit Beef und Guacamole, nebenan in den Bryant Park, trinken literweise Coke und reden über Brueghel, niederländische Stillleben und angeschnittene Zitronen.
Eine Studentin hat sich ihnen angeschlossen, sie sagt, sie schreibt ihre Abschlussarbeit über einen englisch-amerikanischen Dichter, und Jean nimmt sich vor, bis zu seinem Opening ein Poem desselben auswendig zu lernen. You'll turn a girl's head with stuff like that. Und wenn Jean jetzt seinen eigenen Kopf dreht, sieht er: der Park ist voll mit Menschen, die ihre Büroschuhe ausgezogen haben und in der Wiese liegen. Manche spielen Schach, manche lesen, die meisten unterhalten sich.
Dann geht die Sonne unter zwischen den Hochhäusern der 41. westlichen Straße: als ein riesiger roter Ball.

Noch nie in seinem Leben hat Jean die Sonne so untergehen sehen wie an diesem Tag im Bryant Park.

Nachdem es dunkel geworden ist, spazieren Jean und die Studentin gemeinsam durch die Straßen.
New York bläst ihnen als bunter Wind entgegen, voll von Musik und Lärm und Gerüchen. Jean breitet die Arme aus und reißt die Augen auf und lässt sich hineinfallen in diese Stadt.
Es gibt keine Ecke, an der nicht irgendetwas stattfindet, an der nicht etwas gehandelt wird oder beworben, wo nicht jemand tanzt oder auf einem bemalten Piano spielt, das mitten auf einer Kreuzung steht.
Die Studentin setzt sich tatsächlich auf den kleinen Schemel davor und spielt aus dem Nichts heraus Chopin oder Ravel. Nicht die einzige Kitschnummer, die jedem dazu einfällt. Sondern etwas aus dem großen, reichen, schwierigen, herrlichen Gesamtwerk dieser genialen Bastarde.
Das gibt's ja alles nicht, denkt Jean, und er denkt auch: Wenn Johnny das jetzt sehen könnte – das gibt es eben alles doch, und zwar in New York.

Brooklyn, Bronx, Queens and Staten.
Als sie weiterspazieren, spricht Jean ein paar harte Jungs an mit zarten Rastazopf-Frisuren. Wie Skulpturen, sagt Jean, und stellt sich auf die Zehenspitzen, um einem von ihnen ins gedrehte Haar zu fassen.

Hey, man, where are you from?, fragen sie, wie man hier ständig danach zu fragen scheint, woher einer kommt.

Und du, wohin gehst du?, fragt Jean jetzt die Studentin.
From the Battery to the Top of Manhattan, singt sie.
Und dort?, fragt Jean.
Dort wohnt mein Papa, sagt die Studentin.
Mist, denkt Jean.
Und du?, fragt die Studentin.
Mein Vater ist ein Plastilinzwerg mit zerschlagenem Gesicht, der wegen eines Kunstraubes im Gefängnis sitzt, sagt Jean.
Ouch, sagt die Studentin und denkt: Damn. – Sie hätte vermutlich ein Glas Whisky mit Jean getrunken aus dem Vorrat ihres Vaters, aber jetzt verabschieden sich die beiden und fahren in entgegengesetzte Richtungen.

Wo genau Jean nächtigt, ist Johnny nicht klar.
Er faltet den Stadtplan auf, den er in der Stadtbibliothek samt Reiseführer für New York ausgeliehen hat. Wo könnte es denn leistbar sein?
Angeblich ist es in New York überall teuer. Jean könnte bei Mary nächtigen. Aber das kann man sich bei Mary Schoenblum gar nicht vorstellen. Die braucht, bei aller Sympathie, Abstand.
Vielleicht hat sie ihm etwas vermitteln können bei der

Heilsarmee oder der YMCA? Vielleicht gibt es Geld für Künstler aus Europa, die in New Yorker Pop-up Project Spaces ausstellen? – Wohl eher nicht.
Unter der Brücke wird er auch nicht schlafen, wenn man auch damit rechnen kann, dass er das nach seiner Rückkehr behaupten wird.
Oder ganz weit oben in einem der Towers im Financial District, in der Chefetage: in einem kleinen Séparée mit Jacuzzi?
Ja, das ist Jean zuzutrauen. Dass er irgendjemandem in New York von Paris erzählt, und sich derart, plaudernd, eine Übernachtungsmöglichkeit erarbeitet haben wird.

Ich sitze in meiner Ausstellung in unserer Galerie und fahre auf dem Stadtplan von New York die 5th Avenue mit dem Finger ab.
Man kommt so wirklich fast durch gesamt Manhattan, vorbei am Central Park, und dort oben, sagen wir: in Upper Manhattan, wohnt die Studentin.
Zum Battery Park dürfte Jean nicht hinunter marschieren, das wäre die falsche Richtung, sondern er müsste gleich die Wall Street hinauf, den Broadway entlang, sich dort nicht von Charlie ablenken lassen oder einem anderen Streuner, und sollte dann gleich die 5th Avenue nehmen.
Um sich auf dieser Strecke zurechtzufinden, braucht

er New York nicht gut zu kennen. Wenn er alles zu Fuß machen wollte, würde er schon seine drei Stunden unterwegs sein. Sollte er um ein Uhr nachts gestartet sein, wäre er bereits jetzt, zehn Uhr vormittags hier bei uns, um genau vier Uhr morgens in Upper Manhattan.

Kann Jean um vier Uhr morgens beim Vater einer jungen Studentin klingeln?
Nachdem ihm die elegante Unterhaltung mit dem rotblonden Börsenmakler im Jacuzzi zu heiß geworden ist?
Außerdem lange nachdem er seine handgreifliche, aktionistische Plastilinskulpturenphase bereits hinter sich gelassen hat? Und wo sein eigener Vater gar kein gefährlicher Kunsträuber ist, nur ein gewöhnlicher Trinker auf dem Land?
Und Jean selbst sich auch einmal ausschlafen muss, bevor er am folgenden Tag seine Ausstellung aufbauen wird?
Soll er, unter den genannten Voraussetzungen, auf die Klingel drücken und die Studentin aus dem Schlaf holen? Wenn ihm besagte Studentin ihre Visitenkarte – und so etwas besitzt eine Studentin in Amerika – gegeben hätte, und sie außerdem auf deren Rückseite mit Bleistift, ah!, ein Herz gezeichnet hätte: dann ja, klar. Und hier wird Jean sich duschen können, er wird ein großes, frisches Handtuch bekommen und einen grauen Pyjama vom Vater der Studentin.

Und ein schwarz-weiß-gestreiftes Sofa in Amerika ist ja immer doppelt so groß wie ein schwarz-weiß-gestreiftes Sofa in Europa.

Ein kleiner Pop-up Project Space in Amerika ist aber selbst für unsere Verhältnisse klein, richtig klein, denn Raum ist teuer in New York.
Jean steht in jenem aufgelassenen Trakt der U-Bahn und reibt sich die Stirn. Wie soll er bloß alles unterbringen in einem derart kleinen, versteckten Winkel?
Johnny fiele es wie Schuppen von den Augen, könnte er diesen Ort sehen! Nur ein paar verzwergte Knochenfische, ein bisschen Plankton und dazu ein Perlmuttlöffelchen voll Kaviar würde der Johnny hier ausstellen können.

So beschließt Jean, aus der Not eine Tugend zu machen. Seine Kunstwerke lässt er am Hafen im Container zurück – was auch immer es gewesen wäre, hätte er das Frachtgut denn abgeholt und ausgestellt. Ausgestellt nämlich in einer der Top-Galerien in Chelsea, wo es ohnehin einmal landen wird. Ob er es jetzt ausräumt, danach wieder einräumt, es zurück nach Europa verschiffen lässt, um es in ein paar Jahren erst recht wieder nach Amerika zu bringen. Oder ob er es gleich hier lagert, sich das Umräumen erspart, die Arbeit auch reifen lässt.
Und stattdessen den kleinen Raum als kleinen Raum

anerkennt. Und dort bloß den Inhalt seines Rucksacks ausstellt. Alles, was er bei sich hat.

Und dann an jedem Abend der drei Wochen eine kurze Etappe seiner Reise erzählt. Seines Weges vom Kuhdorf bis in die Millionenmetropole. Vielleicht baut er auch seine Freundschaft zu einem stillen Johnny ein, der nichts als Fische malt.
Vielleicht dichtet er seinem Vater, der sich schon seit sehr langer Zeit nicht mehr bei Jean gemeldet hat, ein paar Delikte an. Damit er nicht sagen muss: Ich weiß nicht, wo er ist und was er macht.
Und vielleicht erzählt er dann den Besuchern seiner kleinen Ausstellung in gebrochenem Englisch so lange von seiner Reise, bis er an jenem Punkt angekommen sein wird, an welchem Erzähltes und Erlebtes zeitlich in eins fallen. Und die Studentin wird lachen, weil sie da in der Geschichte als Teil von Jeans Kunstwerk vorkommt.

Sie wird ihm auf dem Heimweg, am letzten Abend in New York, noch sagen, dass er aber den Dichter, dessen Gedicht er für sie auswendig gelernt hat, mit einem anderen verwechselt hat.
Jean wird lachen und so tun, als wäre dies mit Absicht geschehen. – Dann werden sie mit ihrem Vater ein Glas Whisky trinken und schlafen gehen. Jeder für sich.
Und am nächsten Morgen wird der Vater Jean zum

Flughafen bringen, und das wird es dann auch gewesen sein fürs erste. Mit New York. Mit der Studentin. Mit Jean.

So denke ich mir das halt, während ich in Jeans Abwesenheit in meiner eigenen Ausstellung sitze in der kleinen Galerie in unserer zweitgrößten Stadt.
Nach dem Eröffnungsabend kommen nicht mehr viele Leute, um sich die Bilder und den Film anzusehen. Aber ein paar wenige doch.
Von den Tanten eine, die ich doch ganz gern hab. Und der Polizist, überraschenderweise. Weil, wie er sagt, seine Tochter im selben Haus Violine studiert. Valérie kommt auch.
Valérie! – Sie hat zwar einen neuen Freund dabei, Hans, aber so, wie sie nicht ihn, sondern mich ansieht, hat sie mir wohl längst verziehen. Dabei hilft, dass Louise und ich mehr wie die traurigen Clowns und Marionetten des tschechischen Filmemachers Jan Švankmajer durch unser Video torkeln denn wie ein Liebespaar. Nachdem ich diesem Treiben während meiner Galerieaufsicht drei Wochen lang zugesehen habe, kann ich das nun deutlich erkennen.
Und auch Hans, trotz seiner Vorlieben, wird nicht für alle Zeit von Valérie im Pelz fasziniert sein. Danach wird sie es noch mit Franz versuchen, der aber viel zu konzeptionell an das Thema herangehen wird.

Und dann werde ich auftauchen, ihr die alten Zeichnungen, die sie von mir gemacht hat, in die Hand drücken, und sagen: Schau mal, die sind noch nicht fertig.

So wird die Zeit vergehen, zu unseren Gunsten, und heute ist der letzte Tag meiner Ausstellung, am Abend räume ich alles ab. Jemand schaut noch vorbei und sieht sich die Zeichnungen lange an, aber ich habe keine Kraft mehr, noch irgendetwas zu sagen.
Guten Tag und auf Wiedersehen, das reicht.

Hello again, sagt Jean, als er wieder vor mir steht.
Und, wie war's?, frage ich leise.
Ganz gut, sagt Jean. Ich soll dich von Mary grüßen.
Ach, Mary, sage ich und freue mich.
Jean hat noch die Aufkleber der American Airlines auf seinem Rucksack. Seine Haare sind lang und verklebt, und ich muss wieder an Courbet denken. An das Selbstporträt, in welchem er an einen Baum gelehnt liegt, das Hemd offen bis zur Brust, die Augen geschlossen. Es ist vielleicht der Jetlag, der Jean so aussehen lässt.
Eine Studentin hab ich auch kennengelernt, sagt er jetzt.
Über Mary?

Irgendwie über Mary, ja, am ersten Tag. Ich hab dann bei ihr geschlafen.
Bei ihr?
Bei ihr, sagt Jean.
Nicht mit ihr?, frage ich.
Nicht mit ihr, sagt Jean.

Hat sie auch einen Namen?, frage ich.
Keinen französischen, sagt Jean.
Hm. – Und deine Ausstellung?, frage ich weiter.
Ich hab eine Performance gemacht, sagt Jean, unter Einbeziehung der Besucher. Ein Ding, das nur aus dem Erzählen besteht und mit meiner Abreise wieder beendet ist.
Aha, sage ich.
Ich nenn das: konstruierte Situation, sagt Jean. – Lass ich mir patentieren.
Und deine Bilder?
Die hab ich in New York gelassen, sagt Jean. Echte Meisterwerke. Für später. – Jean fragt nicht, wie es bei mir gewesen ist. Ich könnte es von mir aus erzählen. Vielleicht später.

Kennst du dieses Porträt von Alex Katz?, fragt Jean jetzt.
Welches?
Das mit der Frau mit den dunklen halblangen Haaren und dem roten Mantel: seine Frau Ada, ihr

Gesicht im Dreiviertelprofil über die Schulter dem Betrachter zugewandt.
Sieht nicht jedes Bild von Alex Katz so aus?, frage ich, in meiner Funktion als Betrachter.
Schon, sagt Jean. Es ist meistens Ada. Aber dieses ist speziell. Die Hälfte des Bildes ist ausschließlich rot, wegen des Mantels, und der Hintergrund ist hellrosa mit einer Ahnung von Gelb.
Rosa wie Softeis, rosa wie Lilienporzellan?, frage ich.
Wieso kennst du solchen Blödsinn?, fragt Jean.
Ich interessiere mich für Interior, sage ich.
Dann lachen wir endlich. Jean umarmt mich.
Ich bin froh, dass wir uns wiedersehen, sagt er.
Und Ada?, frage ich.
Ada hab ich nicht getroffen in New York, sagt Jean, aber meine Studentin: die sieht genauso aus wie auf dem Bild von Alex Katz: Brisk Day.

Wozu die vielen Katzen in der Kunst?
Sie sind die Fressfeinde der Fische und schleimen sich bei den Menschen ein. Bei Alex Katz mache ich aber eine Ausnahme. Ich bewundere seine Arbeit, seit ich sie das erste Mal gesehen habe. Wenn ich eine Zeitlang nichts von ihm sehe, glaube ich, dass er oberflächlich ist, langweilig und aseptisch. Und dann sehe ich irgendwo plötzlich ein Bild von ihm,

und alles ist mir wieder klar: dass seine Bilder großartig sind und mit ihnen die ganze verrückte Welt, in der wir leben.
Das klingt sehr vollmundig, aber so geht es mir, besonders, nachdem ich mir soeben Brisk Day noch einmal angesehen habe. Sollte einer je am Leben verzweifeln, und sollte ihm im rechten Moment Meister Cranach oder der Doerner nicht in den Sinn kommen: dann Alex Katz. – Miau!
Er hat auch ein paar schöne Strandbilder gemalt, Sandalen, Badehauben, Bikinis, Sonnenhüte. Um aber einen Fisch zu fangen, muss man schon bis an die Westküste fahren zu David Hockney.
Der hat doch nur Swimmingpools gemalt, sagt Jean, ohne Fische.
Er hat aber auch ein Märchenbuch illustriert, sage ich, und darin kommt ein Bub vor, der sich im Bauch eines Fisches versteckt hält.
Und wozu das?, fragt Jean.
Wahrscheinlich nicht um zu beten, sage ich, wie bei Jonas im Bauch des Wales, sondern um von einer Königstochter geheiratet zu werden.
Ein Wal ist kein Fisch, sagt Jean.
Das ist doch aber egal für das Verständnis dieser Geschichte, erwidere ich.
Das aus deinem Munde!, ruft Jean.

Jedenfalls würde Jean gern in der Radierung von David Hockney the Boy hidden in a Fish sein, um sich

so bei seiner Studentin einzunisten. – Radierung und Aquatinta in Schwarz-Weiß: das würde gut zum gestreiften Sofa in ihrer New Yorker Wohnung passen. Und abgesehen davon, dass du bei den Frauen dort einmal weniger Erfolg hattest als bei den Chouchoutes aus Paris, wie ist New York?, frage ich ihn dann noch. Hält es, was es verspricht?
Absolut, sagt Jean.
Shoot! Es hält, was es verspricht.
Und noch mehr. Alles, was man sich darüber erzählt, ist wahr. – The Boy hidden in a Fish, höre ich Jean noch einmal murmeln.

Holy Shit, sage ich mir, und stelle mir vor, wie ich als junger Mann durch New York flaniere.
Es wird schon noch der Zeitpunkt dafür kommen. Ich will nicht einfach hinfliegen. Erstens hätte ich das Geld dafür nicht, zweitens, und das ist viel wichtiger, will ich erst hinfliegen, wenn es einen Anlass dazu gibt. Eine Ausstellung zum Beispiel. Etwas, was ich dort zu tun haben werde.
Ich will kein Tourist sein in New York. Ich möchte einen Business-Anzug tragen, dazu Bart, lange Haare und die rot-blau-weiße Wintermütze meines Vaters. Weil ich groß gewachsen bin, werde ich nicht aussehen wie ein Zwerg. Ich werde sogar sehr cool aussehen. Niemand wird sagen, hey, ich dachte, Sie sind in dieser Galerie die Putzkraft, der Kellner, der Schuhputzer. Ich werde klar als Künstler der Gale-

rie erkennbar sein, als Artist in Residence, ich: ein Bildnis des Künstlers als junger Mann.
Wie ein Selbstporträt von Dürer, inklusive Norwegermütze: vielleicht ein bisschen wie dieser österreichische Mann von Vivienne Westwood. Vivienne, sie wird ihn verlassen und mich heiraten! Jean bekommt dafür Björk. Oder besser so: Björk bekommt dafür Jean. Wir werden Punk-Klamotten tragen und uns nach Abschluss der New York Fashion Week zum Afternoon Tea treffen auf Schloss Coldham Hall, zweieinhalb Autostunden von London.

Vivienne wird dich nicht heiraten, sagt Valérie, wenn du so aussiehst wie ihr Österreicher. Wozu braucht sie dich, wenn sie schon einen hat?
Und du, Valérie?
Ich bin jetzt mit Franz zusammen. Aber er geht die Sache sehr konzeptionell an.
Ach so?, frage ich und tue so, als könnte ich mir das bei Franz gar nicht vorstellen.
Weißt du eigentlich, dass es von Annie Leibovitz ein Foto gibt für die Vogue: von Vivienne und ihrem Mann? Sie hat die beiden in Szene gesetzt: ein bisschen wie Olympia mit ihrer Kammerzofe. Nur die Katze fehlt.
Das finde ich gut, sage ich. Wenn Vivienne mich heiratet, könntest du, Valérie, Annie Leibovitz spielen und Susan Sonntag zur Freundin haben.

Vielleicht mach ich das, sagt Valérie. Übrigens hat sonntags jemand für dich angerufen, Johnny.
Das fällt dir jetzt zu Susan Sontag ein, Valérie?
Ja, Johnny.

Viel tummelt sich in den Gewässern.
Große Fische, kleine Fische. Nixen, Krebse, Münzen und Müll. Man muss aufpassen, dass man nicht auf Scherben tritt, wenn man mit nackten Füßen ins Wasser steigt.
Runde Kiesel und schroffe Felsen finden sich im Flussbett einer Ache. Ich habe als Kind einen aufblasbaren Delphin besessen, auf dem ich mich von der Strömung hab mitreißen lassen. Eiskalt ist es gewesen in den Achen der Bergtäler.
Am Mittelmeer wiederum hat man immer aufpassen müssen, dass man nicht auf einen Seeigel tritt. Mit Seeigelstacheln unter der Haut: das ist kein guter Sommer. Im Meer haben wir daher meistens Plastikschuhe getragen. Oder Flossen.
Meine Schwester und ich haben auch Sommer für Sommer eine Flaschenpost ins Meer geworfen. Mit unserer Adresse darin und dem Wunsch, dass uns jemand schreibt. Einmal haben wir beobachtet, wie unmittelbar nach dem Losschicken unserer Flaschenpost eine Familie im Boot eben diese wieder aus dem Wasser geangelt und gelesen hat. Das ist eine enttäuschend kurze Reise gewesen.

Ein anderes Spiel mit Flaschen haben wir als Kinder in unserem Dorf gespielt. Es ging schlicht darum, sich beim Supermarkt zur Hofseite hin durchzuschlagen und dort aus einem Metallkäfig die bereits retournierten Pfandflaschen einzeln wieder herauszuangeln. Wir haben nie viele geholt, aber doch ein paar wenige, um uns nach Einlösen des Flaschenpfands im selben Supermarkt Süßigkeiten zu kaufen. Da hab ich das erste Mal verstanden, was ein Mehrwert ist.
Manchmal angelt man sehr lange, aber nichts will anbeißen. Nicht jede Flasche hat einen Wert, und manchmal schneidet man sich auch an einer Scherbe. Dass ein Kunstliebhaber sich bei mir melden wird, der sein Geld ausgerechnet als Mineralwasserabfüller verdient, das kann ich aber doch als Anglerglück bezeichnen.
Er sammelt nämlich Fische. Nicht die rot-weißgefleckten oder gelben Koi für seinen Gartenteich, wie es seine Nachbarn am Hang machen, sondern, ja, meine Zeichnungen für seine weiße Wand. – Der Mineralwasserabfüller ist es also gewesen, der am letzten Tag meiner Ausstellung sich noch so genau die Bilder angesehen hat.
Besser man grüßt immer freundlich, sage ich zu Marie und Valérie: man weiß nie, mit wem man es im Leben ein zweites Mal zu tun bekommt.
Wir sitzen zu dritt in unserer Küche und diskutieren darüber, ob ich jetzt und für immer meine Seele ver-

scherble, indem ich dem Mineralwasserabfüller – wir nennen ihn Wassermann – drei Zeichnungen verkaufe.
Marie sieht mich mit ernstem Blick an: Ob man seine Kunst für Geld macht.
Ob man nicht warten soll.
Ob man nicht Putzkraft werden soll, um die Kunst rein zu halten vom Schmutz des Marktes.
Dann springt Marie auf und ruft, Johnny, kennst du deinen Faktor?
Ich springe auch auf und schreie, nein, nein!, und laufe durch die Küche und raufe mir die Haare, verdammt.
Valérie sagt: Setzt euch hin, beruhigt euch.
Wir setzen uns wieder an den Tisch und denken uns einen Faktor aus, nicht zu niedrig, nicht zu hoch.
Denk auch an das Schriftliche, sagt Valérie.
Dann packen wir die drei Zeichnungen in säurefreies Seidenpapier, damit sie, wie die wertvollen Koi in ihrem Teich, auch die nächsten hundert Jahre überleben, legen sie in eine Mappe, schlagen diese in Luftpolsterfolie ein, kleben sie mit Gafferband zu und stapfen los.
Wollen wir damit gleich zum Wassermann, oder feiern wir schon vorher im Lokal am Kai?
Besser die Bilder gleich abliefern, sagt die Erfahrung.

Ich bin noch aufgeregter als bei meiner Ausstellungseröffnung und fühle mich gleichzeitig geschäfts-

tüchtig wie ein Händler, der seine Ware feilbietet. Ich denke dabei aber weder ans Schriftliche, noch an meinen Faktor, noch achte ich darauf, das Mineralwasser zu loben, das uns der Wassermann serviert, nachdem er mein Handelsgut ausgepackt hat. Marie und Valérie stehen stumm daneben.
Auf Wiedersehen und Petri Dank, sage ich, als mir der Wassermann schließlich einen Umschlag überreicht.

Dann lade ich Marie und Valérie ins Lokal am Kai ein.
Es ist nicht der Durchbruch, den wir feiern, aber ein nächster Schritt.
Eine Lokalrunde!, rufe ich, und Johann Friedrich der Großmütige von Sachsen lässt den Marillenschnaps fließen.
Den Durchbruch, den gibt es womöglich gar nicht. Es gibt vielleicht nur ganz viele Schritte, einen nach dem anderen. Und manchmal überspringt man einen, und manchmal stolpert man und tritt sich eine Scherbe ein. Und manchmal leiht einem jemand, der es gut mit einem meint, für eine kurze Strecke des Weges seine Siebenmeilenstiefel.
Ich muss Jean anrufen. Her mit dem Pastis!

Was ist in meinem Umschlag?
Ich öffne ihn und zähle die Scheine. Der Mathematiker in mir sagt: nicht zu viel, und nicht zu wenig.

Meine Seele habe ich angesichts einer solchen Summe jedenfalls nicht verkauft.
Wie hoch ist sie? Oder wie niedrig?
In Worten, und das will ich Jean persönlich sagen: drei Lokalrunden. – Und eine Fahrt in die Schweiz, nach Zürich, an den Zürichsee. Ja, an den Utoquai! – Nein, ein Zugticket hin und retour zweiter Klasse. Ach, wenn man erst einmal dort ist, wird sich das mit dem Eden au Lac schon irgendwie ergeben. – Jean, geh ans Téléphone!

Jetzt, wo du so erfolgreich bist, Johnny, kannst du in eine zweite Bettdecke investieren.
Das geht keinesfalls, sage ich, sonst reicht mein Geld nur bis Sargans. Oder bis Buchs. Oder bloß bis Feldkirch. Jean und ich wollen bis ins Eden au Lac.
Ich bin trotzdem froh, dass Valérie solche Vorschläge macht. Denn das bedeutet, dass sie neben mir im Bett liegt, und wir uns eine einzige Decke teilen. Ich umarme Valérie und frage sie, ob sie mich nicht bloß meines Geldes wegen liebt. Ach, Valérie!

Als wir am nächsten Tag beim Frühstück sitzen, es ist vielleicht auch schon wieder Abend geworden, habe ich Jean noch immer nicht am Telefon erreicht.
Heb doch ab, Jean, rufe ich laut in den Hörer.
Heb nicht ab, sagt Valérie lachend, haben meine

Eltern zu mir gesagt: zieh los, aber heb nicht ab dabei. – Vielleicht ist Jean sein Amerika zu Kopf gestiegen, und er ist damit abgehoben.
Sein Amerika?!, rufe ich, es ist mein Amerika! Mein Amerika! Jean hat Frankreich, ich hab Amerika. Er hat Paris, ich hab New York. – Zürich liegt zirka in der Mitte.

Im Aktzeichnen haben wir nicht mehr die dicke alte Thailänderin als Modell, sondern einen spindeldürren jungen Polen, der in unserer Stadt Theologie studiert. Er sieht aus wie Giacometti, und die Zeichnungen, die wir von ihm anfertigen, sehen aus wie Skizzen zu giacomettihaften Bronzefiguren.
Giacometti ist mit Picasso befreundet gewesen, sagt Valérie, aber irgendwann haben sie sich zerstritten, für immer.
Auf dich werden sie nicht gewartet haben, sage ich, wird Picasso zu Giacometti gesagt haben: du bist nicht Picasso. Giacometti wird geantwortet haben: Was Picasso kann, kann ich auch. Dieses Kindergekritzel.
Ich küsse Valérie und zwicke sie in beide Wangen, und weil meine Hände schwarz sind vom Staub der Kohlestifte, wird auch sie jetzt davon schwarz im Gesicht. Der nackte Theologiestudent wirft uns einen strafenden Blick zu, den wir nicht auffangen,

sondern weiterwerfen. Soll er doch in Félines Handtasche landen!

Die ganze Nacht über kann man in den Ateliers der Malereiklasse bleiben, auch, wenn die Aktmodelle schon längst ihre Hosen wieder anhaben. Jeder arbeitet dann für sich in seiner Koje, manche knien auf dem Boden und grundieren ihre Leinwände, andere sitzen im Vorraum beisammen, trinken Wein und lachen darüber, dass Franz einem Mann namens Serge ein weißes Bild verkauft hat.
Auch Franz ist erfolgreich, denke ich. – Ich sitze vor einer weißen Wand und höre den Leuten draußen beim Reden zu. Es ist schön, eine Nacht vor sich zu haben, um zu arbeiten. Die Mörder und Zweifler schlafen schon, und mit ihnen alle, die einem das Wasser abgraben, in dem man seine Pinsel wäscht.
Ja, die Nacht ist die friedlichste Zeit des Tages. Und wenn einmal einer laut ist, dann immer erst in einem Nebenraum, von wo aus sein Reden einem bloß noch als dumpfes, aber freudiges Murmeln ans Ohr dringt. Ich mag es manchmal gerne, wenn ich höre, dass andere feiern und ich beinah unbehelligt vor mich hin arbeiten kann.

Jetzt sind die Leute draußen auf einmal sehr still geworden. Wo ist eigentlich Jean?, hat einer gefragt. Keiner hat gewusst, wo Jean diesmal geblieben ist,

deswegen hat eine Zeitlang auch niemand darauf ein Wort gesagt.
Man hat förmlich gesehen, wie sie alle in Gedanken ihre Gehirnwindungen abgesucht haben nach dem Ort oder dem Zeitpunkt, an welchem jeder von ihnen Jean das letzte Mal begegnet ist. Ich habe das beobachtet, denn ich bin dann auch draußen im Vorraum gestanden und habe mit den anderen mitgeraten.
Hm, hat einer gesagt und zum Reden angesetzt, aber den Versuch gleich wieder abgebrochen.

Es ist manchmal so, als würde man im Verlauf des Nachdenkens die Erinnerung erst bauen. Wie, wenn man Fotos von früher durchsieht und auf einmal nicht mehr sicher ist, was daran wirklich gewesen ist. Und während man sich diese Frage stellt, hat man den Eindruck, das Wirkliche an den Erinnerungen schon verloren zu haben.

Ja, ich kann mich daran erinnern, wie es ist, ein Kind zu sein. – Und gleichzeitig fällt mir auf, dass ich mir nur eine Abfolge von Fotos vorstellen kann, die mein Vater in ein Album geklebt hat: Ich in Schlittschuhen, weinend auf dem glatten Eis eines zugefrorenen Sees. Meine Schwester mit orange-blauen Schwimmflügeln im Sommer am Meer. Wir beide nackt im Garten, wie wir erst Papier bemalen und schließlich unseren ganzen Körper mit blauer, brauner, roter Deckfarbe.

Dann diesen Moment, in dem die Familienmitglieder die 3 und die 6 und die 5 hochstrecken: Seht, wie die Zeit vergeht!
Jetzt bloß nicht philosophisch werden, sagt Valérie, und kratzt mich mit ihren kleinen Krallen.
Au!, schreie ich.

Jean ist mein bester Freund gewesen. – Die Zeit ist aber, auch wenn man darüber nicht philosophisch geworden ist, vergangen. Und Jean ist nicht mehr wiedergekommen.

Heute, Jahre später, sehe ich von den anderen Leuten auch kaum mehr einen. Ich weiß gar nicht, was sie jetzt alle machen. Deswegen geht es mir auch mit Jean manchmal so, als wäre er einfach nur in einer anderen Stadt und würde dort vor sich hin werken. Und selbstverständlich mit Erfolg.

Gelesen habe ich auch nichts mehr über ihn. Bei Björk weiß man ja aus den Zeitungen, dass sie und ihr Faun sich mittlerweile getrennt haben. Die wäre also wieder zu haben. Ob man aber ihren Gesang auf Dauer würde ertragen können?

Ich habe bei Jeans Vater angerufen. Er hat zuerst gar nicht mit mir sprechen wollen und hat nur herum-

geschimpft. – Was für ein Arschloch! Ich habe aber nicht locker gelassen und wieder und wieder angerufen. Bis er am anderen Ende der Leitung gesagt hat: Der Sohn ist vom Fensterbrett gefallen. Danach hat er aufgelegt.
Hat er gesagt: Der Sohn? Oder: Der Jean?
Meint der Vater von Jean das, wie man so sagt, im übertragenen Sinne? – Das Haus, in dem Jeans Familie wohnt, ist nicht sehr hoch. Die Fensterbretter sind ja nicht mehr als knietief. Wenn Jean gefallen oder gesprungen wäre, und selbst wenn er gestoßen worden wäre: er wäre doch weich gelandet. – Er hätte sich doch sofort wieder aufgerappelt, hätte sich den Dreck von der Kleidung geklopft, und wäre schnurstracks wieder in die Stadt zurückgefahren.

Am meisten hat den Vater bei meinen Anrufen geärgert, dass ich Jean eben Jean genannt habe. So heißt bei uns keiner!, hat der Vater ins Telefon gebrüllt. Aber er wird doch gewusst haben, wen ich meine.

Später habe ich selbst auch nicht mehr Johnny heißen wollen. Nach der Zeit in der Malereiklasse habe ich immer wieder gesagt, das ist nur ein Spitzname gewesen, aber er hat sich schon so eingeprägt gehabt, dass ich ihn nicht mehr losgeworden bin.

Jetzt stört er mich nicht mehr.

Das ist es auch, was sich Jennifer und Jessica erhoffen. Dass ihre Namen die Moden überdauern. Und das kommt bestimmt auch. In zehn oder zwanzig Jahren werden die Frauen Doktorinnen diese Namen tragen. Mary ist ja auch ein Allerweltsname.

Mary ist ein sehr klassischer Name, sagt Mary Schoenblum. – Ein paar Jahrhunderte lang ist er kein geläufiger Vorname gewesen, weil er eben der Heiligen vorbehalten gewesen ist. Aber seit fünfhundert Jahren ist er ziemlich fashionable, auch bei profanen Mädchen.

Flirtet Mary mit mir? – Nein, das wäre absurd.
Übrigens habe ich letztens Claires Mutter in der zweitgrößten Stadt getroffen. Sie hat schon von Claire gehört gehabt, dass ich jetzt in der größten Stadt wohne. Am Gehsteig ist sie stehengeblieben und hat gerufen: Johnny!
Ich hab sie zuerst gar nicht wiedererkannt. Sie ist älter geworden, natürlich, aber sie hat auch ganz gut ausgesehen dabei.
Frau Eber, wie geht es Ihnen?
Ach, Johnny!
Dann hat sie mir erzählt, dass sie sich von Claires Vater getrennt gehabt hat, aber nach einer Weile sind sie doch wieder zusammengekommen. Nach seiner Pensionierung hat Herr Eber sein Leben verändert. Ein richtiger Hippie ist er geworden, an-

geblich. Und er interessiert sich jetzt auch für die Kunst. – Claires Mutter lächelt. Ob ich ihnen einmal etwas von mir zeigen möchte, fragt sie zum Abschied.
Ich sage: Gern. Aber ich meine: Nein.

Claires Mutter hat nicht nur das von meinem Umzug gewusst, sondern auch dass meine Fische in der größten Stadt wirklich ein Wasser gefunden haben, in dem sie schwimmen können. Nicht allein das des Mineralwasserabfüllers.

Zuerst hat sich dort aber niemand für mich interessiert gehabt. Es ist gewesen, als wären die Mörder und Zweifler im Transportwagen mitgereist und hätten auf Dauer in meinem Umkreis ihr Zelt aufgeschlagen.
Ich habe ein paar kleinere Galerien hinter mir und ein paar Zeitschriften und ein paar besoffene Kunsthändler. Aber ich habe nicht aufgegeben. Und so arbeite ich, und ja, Frau Eber, ich lebe davon.

Diese Frage wird dem Johnny am häufigsten gestellt: Kannst du davon leben? – Der nächste, der den Johnny danach fragen wird, bekommt die Faust ins Gesicht. Und keinen Goldzahn zum Trost!

Das Paradies liegt am Wasser.
Eden au Lac. Ich will gar nicht mehr hinfahren, seit Jean fort ist. Ich will nicht enttäuscht werden. Ich stelle mir vor, ich mache die weite Reise, und treffe dann ausgerechnet an jenem Tag, an dem ich endlich meinen Pastis dort trinken will, auf einen schlecht gelaunten Kellner.

Was magst du eigentlich am Pastis?, fragt mich Valérie, als wir uns in der größten Stadt im Kleinen Café die Nacht um die Ohren schlagen.
Ernsthaft?, frage ich zurück.
Ja, sagt Valérie, die nicht mehr meine Freundin ist, aber seit ein paar Jahren auch hier wohnt. – Ihre Kunst ist nicht aalglatt, schreiben übrigens die Zeitungen über sie. – Und das wundert mich nicht: bei einem Nagetier.
Johnny?
Ach so, den Pastis liebe ich, weil er mich an Jean erinnert. – Und weil er stark ist, und weil man ihn außerdem, soviel man will, mit Wasser verdünnen kann.
Und wann fliegst du los?
Morgen.
Angst?!
Nein. New York wird halten, was es verspricht. Und noch mehr. Was man sich darüber erzählt, wird wahr werden für mich.

Valérie lacht. Sie ist ja mittlerweile schon ein paar Mal dort gewesen. Sie lacht, und sie gibt mir recht: New York hält, was es verspricht. – Wirst du dir Jeans Sachen ansehen?
Ich soll jedenfalls zum Hafen fahren und den Container räumen. Ich weiß ja selbst nicht, was er dort gelagert hat.
Valérie und ich lachen weiter, während wir im Kleinen Café sitzen und uns vorstellen, was das alles sein könnte.

Die Kunst ist ein Sessel. – Das klingt überzeugend, aber Deleuze hat das, meines Wissens, so nie gesagt, meldet sich noch einmal Mary Schoenblum zu Wort. – L'art, c'est une chaise, so steht es auf Jeans erstem Ausstellungsplakat. Vielleicht hat er gemeint: L'art, c'est une chose?
Chose, wie Sache?, frage ich.
Ja, schlag nach bei Tristan Tzara: L'art est une chose privée, l'artiste le fait pour lui. Die Kunst ist eine private Sache, die der Künstler, die Künstlerin, für sich macht. So zumindest laut seinen sieben Dada-Manifesten aus dem Jahre 1918, sagt Mary.
Gleich sieben?, frage ich.
Sieben, sagt Mary. – Das sogenannte Dadaistische Manifest wiederum, aus dem selben Jahr, hat etwas zum Sessel selbst zu sagen, und zwar, dass der Lärm

auf der Straße sozusagen wichtiger sei als ein Sessel, auf dem man bequem sitzt. Laut Dada, so Mary, ist die Kunst also kein Sessel. – Ich hab noch zur Auswahl, fährt sie fort: une chose difficile. Und importante. Schwierig und wichtig.
Ja, das stimmt auch, sage ich.
Oder das?, Mary sucht weiter: L'art c'est une chose du cœur: eine Herzenssache, das hat angeblich der Maler Georges Braque so gesagt.
Naja, sage ich, das ist so wahr wie der Sessel.
Manifeste stoßen halt rasch an ihre Grenzen, sagt Mary.
Wenn ihr mir die Zwiebel nicht ganz außer Acht lasst, lass ich auch den Sessel stehen, sagt jetzt Meister Deleuze selbst.
Deleuze!, rufen Mary und ich.

Der Flug nach New York ist herrlich, gerade weil ich die Nacht davor kaum geschlafen habe.
Als wir landen, möchte ich vor Freude klatschen, doch in Flugzeugen wird nicht mehr geklatscht. Klatsche ich trotzdem? Ja, ich springe auf und klatsche wie wild!

In New York finde ich mich schnell zurecht, den Stadtplan habe ich seit vielen Jahren im Kopf. Unterm Arm trage ich in einer dicken Mappe meine Zeichnungen. Ich glaube, ich sehe gut aus: die Mütze, die Mappe, die schnellen, großen Schritte. Der alte Gagosian wird Augen machen! Ich will pünktlich sein, denn er wird auf mich gewartet haben. Ja, auf mich.

Hast du deine Abschlussarbeit über den englisch-amerikanischen Dichter fertig geschrieben?, frage ich die New Yorker Studentin, die keine Studentin mehr ist, aber noch immer gern Whisky trinkt.
Klar, sagt sie und prostet mir zu. – Kennst du ein Gedicht von ihm?, fragt sie mich dann.
Klar, sage ich.
Was machst du mit Jeans Sachen?
Ich weiß es noch nicht, sage ich. – Vielleicht nehme ich sie mit nach Europa. Oder ich verbrenne sie und werfe sie ins Meer. – Kommst du morgen mit an den Hafen?
Klar, sagt die Studentin.

Und ja, er fehlt mir. Sehr. Ich spreche nicht oft darüber. Manchmal mit Valérie.
Jetzt, wenn ich den Hafen entlangspaziere, muss ich wieder viel an Jean denken. Er hat meistens gewusst, was er will. Heute wäre er hier. Oder in Paris.
Wo sind seine Fähigkeiten und Talente, sein Wissen und seine Hand? Ist das alles fort mit ihm?

Wir nehmen die Fähre nach Staten Island, um von Manhattan, vorbei an der Freiheitsstatue, bis zum Containerterminal zu kommen. Aus der Ferne sehen die übereinander gelagerten Container aus wie Rubiks bunter Würfel: ein großes Rätsel in Rot, Blau, Orange, Grün, Weiß. Jeans Container ist gelb, denn es gibt keine goldenen Container.

Bevor wir ihn öffnen, fragt mich die Studentin noch, was mit Jeans Eltern ist.
Von der Mutter weiß ich nichts, sage ich, aber vom Vater habe ich ein Bild in der Zeitung gesehen. In einem Blatt für Urlauber, die ihre Ferien auf dem Land verbringen. Er hält darin seine Klompen in die Kamera.
Was?, fragt die Studentin.
Diese holländischen Holzpantoffeln. Er hat den ersten Preis des Fremdenverkehrsverbandes dafür bekommen.
Wofür?
Nun, er bemalt die Klompen mit Rosen, Trachtenmädchen und Windmühlen. Mit einem ganz feinen Pinsel, trotz seiner groben Hände. Und die bemalten Klompen arrangiert er dann in Blumenkisten, die er vor seinem Haus aufstellt. Immer feiner sind seine Malereien geworden, und immer kleiner die Schuhe, auf denen er gemalt hat.
Ach so?!
Ja, es gibt sogar Wettbewerbe, in denen die kleinsten Malereien prämiert werden. Die nur noch mit dem einzelnen Haar eines Pinsels gemalt werden und nur noch unter der Lupe erkennbar sind.

Jean hat damals erzählt, sagt die Studentin, sein Vater sei ein angry Man.
Das stimmt auch, sage ich.
Hat er etwas mit Holland zu tun?
Nein, gar nichts, sage ich. Er malt auch erst, seit Jean fort ist.

Ich werfe einen Stein gegen den Container.
Sollen wir ihn jetzt öffnen?
Lass uns vorher noch raten, was drin ist, sagt die Studentin.
Vielleicht ist es ein Mobile aus Glas, in allen Farben, ein sehr fragiles, wundervolles Ding? Oder eine schwere, rostige Stahlskulptur wie von Richard Serra!
Was würde ich damit tun? Ich könnte sie nicht mit nach Hause nehmen. Ich könnte sie auch nicht verbrennen und ins Meer werfen. Ich könnte sie nicht einmal aus dem Container hieven.
Was, wenn nichts darin wäre? Es würde zu Jean gepasst haben, dass er einen Container gemietet hat, um darin das Nichts zu lagern.
Vielleicht ist auch etwas Organisches darin? Dinge, die im Lauf der Jahre verrottet sind? Die jetzt nur noch Moos sind und Pilze. – Plötzlich habe ich Angst, die Tür zu entriegeln, um hineinzusehen.
Oder Jean hat uns darin einen Brief hinterlassen?
Nein, das glaube ich nicht. – Das wünscht man sich, dass jemand, der gegangen ist, einen Brief hinter-

lassen hat. Man müsste nur lange genug danach suchen! – Aber in den seltensten Fällen werden Briefe hinterlassen. Oder selten stehen darin Dinge, die denen, die sie lesen, weiterhelfen.
Glaubst du?, fragt die Studentin.
Ich glaube, das es so ist, ja, sage ich.
Sollen wir gehen?, fragt die Studentin.

Und dann haben wir sehr schnell sein müssen.
Die Port Authority of New York and New Jersey übernimmt nicht gern die Verantwortung für verwaiste Containerinhalte. – Sollen sie das Ganze verbrennen und ins Meer werfen?
Die Studentin hat meine Hand genommen und ist mit mir losgerannt, als ginge es um unser Überleben. Wir haben noch Pfiffe hinter uns gehört und Hundebellen, vielleicht auch ein Hupen und eine Sirene, ja, vielleicht haben sie sogar ihre blaue Rundumkennleuchte in Betrieb genommen, – wer weiß das schon so genau, wenn man läuft, und nicht mehr zurückblickt?

Wir sind die gesamte Hafenstraße von Staten entlanggelaufen bis zur Fähre, die bereits am Auslaufen gewesen ist, mit einem Sprung haben wir es gerade noch an Bord geschafft, dort sind wir an Deck geblieben und haben minutenlang nicht sprechen können, weil wir atemlos waren und uns übel gewesen ist vom Laufen.

Irgendwann haben wir angefangen, laut zu lachen, – danach sind wir ruhig geworden und haben unsere Hände über die Reling gestreckt. Die Leute, die neben uns gestanden sind, haben uns ein paar Brocken Brot zugesteckt für die Möwen, die kreischend der Fähre hinterhergeflogen sind. Der Wind hat so stark geblasen, dass die Studentin mich hat festhalten müssen, während ich die Vögel gefüttert habe, und umgekehrt.
Bis wir die Südspitze von Manhattan erreicht gehabt haben, sind wir vom Wind und Schweiß so ausgekühlt gewesen, dass wir vom Battery Park aus gleich weitergelaufen sind. Und da habe ich alles gesehen im Vorüberziehen, wie es sich für diese Stadt gehört: die Brownstones, die Wassertürme, die Bäume und die Wolkenkratzer. Die Börsenmakler, die Psychiater, die Filmemacher. Die Jogger, die Dogsitter und die Nannies mit ihren Kinderwägen. Die Leute aus Asien, aus Nahost, und die Latinos. Die Schwarzen, die Weißen, ja: New York hält, was es verspricht.

Man kann, wie ich später festgestellt habe, in New York auch hervorragend die Metro benutzen, man muss nicht jedesmal zu Fuß ganz Manhattan durchqueren. Es aber einmal getan zu haben, verschafft einem einen guten Überblick. Und man vermeidet die Metro-Station Canal Street, an der es oft zu Verspätungen kommt.

Bei der Studentin zu Hause lasse ich mich auf das schwarz-weiß-gestreifte Sofa fallen.
Ich bin gespannt, wann Gagosian zurückruft, sage ich zu ihr. – Sie steht in ihrer kleinen Küchennische vor dem riesigen Kühlschrank und lässt dort auf Knopfdruck Eiswürfel in zwei Becher rasseln.
Und abends, fragt sie, magst du Fisch?
Fische mag ich immer, sage ich. Auch in meinem Bauch.

Hast du das Bild über dem Sofa gesehen? Die Studentin steht mit den beiden gefüllten Bechern jetzt bei mir im Zimmer.
Ich richte mich auf und drehe den Kopf zur Wand.

Ist das Jean?
Ich weiß es nicht.
War er schon immer dort?
Ich weiß es nicht mehr. Das Bild hat mein Vater gekauft. Ich kann mich nur an den Fisch erinnern. Aber nicht, dass sich darin ein junger Mann versteckt.
Im Bauch des Fisches! The Boy hidden in a Fish. Es muss auch nicht Jean sein. Aber er sieht ihm doch verdammt ähnlich.

Und was ist eigentlich aus David Hockney geworden? David Hockney ist selbstverständlich weiter-

hin und auch im Alter einer der großartigsten Künstler, die mir einfallen. Manchmal liest man über ihn, dass er jetzt auf seinem Mobiltelefon malt. Und später hört man wieder, dass er zum Papier zurückgefunden hat und zur Leinwand.
Sein rotgelockter Assistent, den er auch ein paar Mal gezeichnet hat, hat übrigens eine Affäre mit dem ehemaligen Liebhaber von Hockney begonnen. Im Drogenrausch, so heißt es, habe er dann zu säurehaltigem Toilettenreiniger gegriffen und diesen ausgetrunken.
Und dann?
Dann ist er tot gewesen.
Und Hockney?
Hockney lebt ja seit einigen Jahren wieder in England.
Er malt gar keine kalifornischen Swimmingpools mehr?
Ich glaube nicht. – Er malt jetzt die Jahreszeiten von Bridlington.
Bridlington?
An der Nordseeküste, East Yorkshire.
Landschaften?
Ja, Landschaften. – Hockney meint, wenn einer sagt, man könne heutzutage keine Landschaften mehr malen, dann würde er trotzig antworten: Oh, ich denke, man kann.

Und Cranach?

Ja, Cranach ist schon lange tot.
Na, das weiß ich doch. Ich meine, hat der auch Landschaften gemalt?
Der Ältere oder der Jüngere?
Egal, beide. Welcher auch immer.
Das kann ich gar nicht so genau beantworten. – Wenn Mary jetzt hier sein könnte, die wüsste es bis ins Detail.

Was ist mit Mary? Arbeitet sie nicht mehr als Kunsthistorikerin?
Doch, sie wird wieder arbeiten. Aber jetzt hat sie ein Jahr frei.
Mary?! Die hält es doch keinen Tag ohne ihre Arbeit aus!
Das habe ich mir zuerst auch gedacht, als sie mir davon erzählt hat. Aber dann habe ich immer wieder einmal bei ihr nachgefragt oder etwas von ihr wissen wollen, und sie hat sich tatsächlich nicht mehr zu Wort gemeldet.
Meinst du, sie hält es durch, das ganze Jahr über zu schweigen, wenn es um Kunst geht? Und bloß Burritos zu essen, im Central Park zu liegen und ihre Zehen in die Erdbeerfelder zu strecken?
Ich denke schon.
Was, wenn wir sie kitzeln?

Ich jedenfalls kenne von Cranach ausschließlich Figurendarstellungen.
Die Landschaft spielt bloß im Hintergrund eine Rolle. Durch ein Fenster gesehen. Als Paradiesgärtlein. Es gibt wunderschöne schlanke Bäume darin, deren Krone reich ist an leuchtenden Äpfeln. Es gibt auch Büsche dort mit kleinen, dunklen, glänzenden Blättern. Manchmal steht so ein Busch genau hinter einer nackten, lächelnden Figur. Wegen des Hell-Dunkel-Kontrasts.
Der Himmel in diesen Bildern ist oft grünlich-blau und verläuft nach unten hin, zum Horizont der Landschaft, ins Gelblich-Weiße. Ich glaube, so sieht der Himmel nur knapp vor der Dämmerung aus. Und vielleicht bei Tagesanbruch. Aber so früh bin ich nie wach, das kann ich nur vermuten.
Die Tiere in diesen Landschaften von Cranach sind so lustig. Es gibt zum Beispiel ein Bild von Apollo und Diana, in welchem die nackte Diana auf einem sehr eleganten Hirsch sitzt. Es gibt von diesem Sujet ein paar unterschiedliche Varianten. Mein liebstes ist das, auf dem Diana ein feines, schwarzes Band um den Hals trägt und ihr rechtes Bein übers linke Knie schlägt. Der Hirsch, auf dem sie hockt, ist, glaube ich, ein Vierzehnender. Apollo hat keine Hand frei, um Diana zu berühren, denn in der linken trägt er Pfeil und Bogen, und in der rechten hält er einen Blätterzweig, um seinen Penis zu verdecken. Diana guckt aber trotzdem, oder vielleicht

gerade deshalb, genau auf diesen Blätterzweig. Oder doch auf seinen Nabel? Oder hoch auf sein Brustbein?
Bei der Bildanalyse hilft es, genau zu sein. Die Fähigkeit, ein Bild genau analysieren zu können, hilft auch später im Leben.

Das Leben führt mich auch zu jenem Bild von Cranach, es ist der Ältere, das, soweit mir bekannt ist, noch am meisten Landschaft zeigt. Es heißt: Jungbrunnen.
Es ist ein Querformat und hängt in der Gemäldegalerie in Berlin. Wenn man seine Arme ausbreitet, kann man sich vorstellen, wie breit dieses Bild ist.
Inmitten einer Landschaft aus hellen Felsen, brauner Wiese mit einzelnen Büschen und Bäumen befindet sich ein Brunnen: ein quadratisches Becken, in das drei Stufen führen. Das Wasser ist nicht sehr hoch, man kann darin stehen und ist bis zur Leibesmitte bedeckt.
Von der linken Seite des Bildes her werden alte Menschen, es sind Frauen, angekarrt, eine wird auch von jemandem auf dem Rücken getragen, eine sitzt in einem kleinen Schubwägelchen.
Sie entledigen sich ihrer Kleider und Schals, sie steigen ins Wasser und durchschwimmen das Becken. Sie waschen sich, tauchen unter und wieder auf. Fast tanzend sind ihre Bewegungen dann auf der anderen Seite des Beckens schon. Dort steigen sie über drei

Stufen wieder hinauf aufs Land, wo ihnen ein Herr die Hand entgegenstreckt.
Jung sind sie nun wieder, mit rotblonden Haarlöckchen und runden, kleinen Bäuchen. Auf dieser anderen Seite des Beckens gibt es ein rotes Zelt und einen Tisch, gedeckt für ein Festmahl, um den herum die Menschen sitzen oder daneben in der Wiese tanzen oder sich zu zweit hinter die Büsche drücken. Zwei Musikanten spielen auf.

Aber sieh dir diese Badenden noch einmal genau an! – Ach, Cranach.